カタブツ上司の溺愛本能

一

背中の真ん中まである長い栗色の髪は、日に透けるとキラキラする。

『珠海《たまみ》ちゃんの髪は本当に綺麗ねえ。お人形さんみたい』

子供の頃から幾度となく褒《ほ》められた髪を、ブラッシングしながらきっちり一つ結びにする。メイクはナチュラルに。唇に近い自然な色味のリップをのせたら準備完了。仕上げにシルバーフレームの眼鏡をかけたら、いつもの私ができあがる。

――はいできたー。よし、行くか……

自分の部屋がある二階から勢いよく階段を下りると、一階の居間から祖母の声が飛んできた。

「これ～、そんなに慌てて下りなくても……落ちたらどうするの」

「大丈夫よ。それより、もう時間だから行くね。今日もお弁当ありがとう、おばあちゃん」

「はいはい、行ってらっしゃい」

キッチンに寄ってお弁当の入ったバッグを通勤用のバッグに入れると、私は慌ただしく玄関を出た。

母の実家である一戸建てで祖母と母と暮らす私――漆瀬《うるせ》珠海、二十八歳。

子供の頃両親が離婚し、母に引き取られた私は以来ずっとこの家で暮らしている。

母は現役の高校教師で、私も就職し正社員として働いているため、お弁当はいつも料理好きの祖母が作ってくれている。本当ならあんまり甘えるべきではないのかもしれない。でも、祖母がこれくらいやらないと生活に張り合いがないと言ってくれるので、ありがたくお願いしている。

——料理上手な祖母がいるって素晴らしい……作ってくれるだけでもありがたいのに、すっごく美味《おい》しいから、ついつい甘えちゃうんだよね……

それは私だけでなく母もなのだが。母は、毎朝祖母に「その年でいまだにお弁当を作ってもらってるなんて、恥ずかしいから周りには言わないように」と念を押されていた。

家の近くの停留所からバスに乗り、勤務先に向かう。

閑静な住宅街の近くに建つ真っ白い大きな建物。ここが私の勤務先である生活雑貨を製造するメーカーの本社だ。

創業が古く歴史のある我が社は、国内では大手と言われており、キッチン雑貨からバスグッズまで様々な商品の開発と製造を行っている。私は新卒でこの会社に入社してから、ずっと総務部に勤務していた。

社屋のエントランスから総合受付を通り抜け、バッグの中に入れていた社員証をセキュリティゲートにかざそうとする。しかし手が滑って、社員証を落としてしまった。

「あ」

——いっけない……

腰を屈《かが》めて拾おうとしたら、ちょうど近くを通りかかった人が先に社員証を拾ってくれた。

「どうぞ」

そう言って、私に社員証を差し出してくれた男性の顔は、私の目線よりだいぶ上にあった。

仕立ての良さそうなグレーのスーツを着ているのは、私と同じシルバーフレームの眼鏡が印象的な男性。しかも綺麗に整えられた清潔感のある短髪のその顔は、恐ろしく整っており、目が合っただけでそのマスクに釘付けになってしまうほど。

普段、あまり人の顔をまじまじと見ることがない私にしては、珍しいことだった。

「あ……ありがとうございます」

――すごいイケメン……こんな人、うちの会社にいたっけ？

疑問に思いながらお礼を言うと、男性はすぐにセキュリティゲートを通り抜けて、エレベーターがある方へ消えた。

――やっぱうちの社員か……でも、どこの部署の人だろう？

そんなことを思いつつゲートを通り抜けた私は、三階にある自分の部署へ向かったのだった。

この会社の体制は、以前は創業と同じでかなり古く、完全な年功序列制だったらしい。でも数年前に社長が代替わりしたのを機に成果主義が取り入れられるようになり、旧態依然《きゅうたいいぜん》とした社風から時代に合った社風へと変化してきている。

――それにその時、女性社員の制服も廃止になったのよね。毎日スカートとかちょっと嫌だったし、ほんとよかった。

部署に到着して、すでに出社していた先輩社員と挨拶《あいさつ》を交わす。

「漆瀬さん、今日もお祖母様のお弁当？」

「はい。今日は筑前煮がメインですって」

三年先輩の女性社員である向井香《むかいかおり》さんと話しながら席に着く。彼女は既婚者で、旦那様もこの会社に勤務している。つまり、社内恋愛で結婚したことになる。

身長が百六十七センチある私と並ぶと、向井さんは十センチ近く低い。華奢《きゃしゃ》で顔立ちの可愛らしい向井さんは、私の憧れである。

――私も向井さんくらいの身長がよかったなあ……。旦那さんと並んだ時の身長差に萌えるのよね……

ヒールを履いたら百七十センチを超える私からすると、夢である。

大概の男性は、私と目線がほぼ一緒かそれよりも低い。まれに見上げるような長身の男性もいるが、私の周りにはほとんどいなかった。

「それにしても、ほんといつ見ても見事な栗色の髪ねえ……たまには下ろしてくれれば？」

近づいてきた向井さんが、私の背後に回る。

「いえ、下ろすと仕事の邪魔になるので。それに、昔から髪を下ろすとどうも目立つみたいで」

間髪《かんはつ》を容《い》れずに返すと、向井さんが苦笑する。

「そうかなあ……そんなことないと思うけど。今ってカラーリングする子の方が多いんだから、そんなに気にならないわよ。っていうか、漆瀬さんは綺麗だから目立つのよ。そんな眼鏡したって美しさは隠せないわよ」

向井さんの言葉に、つい彼女から目を逸らした。

「眼鏡は……無いと見えませんし」

「ほら、口を尖らせない。まあ、そんな顔も可愛いんだけどね。でも、どうしたってお父様の血は誤魔化せないわよ。肌だって透き通るように白いし、顔もちーっちゃいもん」

向井さんが私の頭をなでなでする。

「誤魔化しているわけではないんですが……」

「最近は告白とかされてないんでしょう？　だったら、別にそこまで気にしなくたっていいのに」

「それは、そうなんですけど……」

なかなか答えにくいことだったので、もごもごとした返事になってしまう。

「ま、でも漆瀬さんなりに自衛してるのよね。そうしないと、良くも悪くもいろんな人が寄って来ちゃうから」

それに対する答えが上手く思い浮かばなくて、苦笑いで返した。

――そう。確かに私には、良くも悪くもいろんな人が近づいてくる。

向井さんの言う私の実の父は、外国籍の人だった。

私と同じ明るい栗色の髪を持つ父と、母は同じ高校に勤務している時に出会い結婚し、私が生まれたのだ。

そのまま穏やかで幸せな家庭を築く……と思いきや、父の母が病に倒れたことをきっかけに状況が変わった。母国に帰りたい父と、祖父を亡くしたばかりの祖母を置いていけない母の意見が対立。話し合いの結果、離婚を選択した父は母国に帰国してしまったのだ。

『でも別にお互いが嫌いになって別れたわけじゃないわよ。ちゃんと養育費ももらってるしね』

母の言う通り、年に一度はこちらが会いに行くか、向こうが来るかで父に会っていたし、たまに電話で会話もする。だから父がいなくてさみしいと思ったことはない。

ただ一つ、問題があったとすれば、子供の頃の私の外見は、今よりも父の要素が色濃く出ていたということだ。

髪は金髪に近かったし、肌の色も周囲から浮くくらい白かった。

明らかに周囲から浮いていた私は、簡単に言うとよくからかわれた。

ありがたいことに、いつも近くにいる友人が助けてくれたから、そこまで大きなトラウマがあるわけじゃないけど、好きだった男の子に外見をからかわれたのはショックだった。顔が小さく、手足が長いことで宇宙人みたいだと言われて、ものすごく落ち込んだし悲しかった。

それから約二十年。何度も外見を理由にやっかまれたり、目の敵《かたき》にされたりした。そんな経験から、いつの間にか私は、内向的な性格になり、必要以上に人と関わらないようになった。

――でも、気になる人がいなかったわけじゃないのよね……

大学生の時は教授に淡い恋心のような、憧れのような気持ちを抱いていたし、社会人になってからは、この会社の当時の副社長を素敵だと思っていた。

みんな私よりも三十歳くらい年上だったが。

今思えば、あれは恋愛の好きじゃなくて、なかなか会えない父の面影《おもかげ》を重ねていただけだったと分かる。

もちろん、同年代の男性とも、外見を気にせず仲良くなることは何度かあった。しかし、友人だと思っている相手から、友人以上の感情を向けられたり、その男性に恋するまったく付き合いのない女性から敵意を向けられたりなどの、トラブルに巻き込まれること多数。

私が悪いことをしたわけじゃないのに、何故罵声《ばせい》を浴びせられたり、白い目で見られたりするのか。

――恋愛って、面倒だ……

理不尽な目には遭いたくない。だったら、最初からそういうことに関わらない方が気も楽だ。

そういう考えに行き着いた結果、いまだにお付き合いの経験もないし、結婚のけの字も見えてこない日々を送っている。

でも、母も祖母も何も言わないので、今のままで構わないと思っていた。

――仕事もあるし、少ないけどなんでも話せる友人だっている。今のままでも特に不満はない。

しかし、そんな私の平穏な日々は、もうすぐガラガラと音を立てて崩れることになるのだった。

「あの」

他の部署に向かうため廊下を歩いていると、背後から声をかけられた……ような気がした。

——私？

左右を見回すが他に該当する人はいない。というわけで振り返ると、若い男性社員が立っていた。実際の年齢は分からないが、ぱっとみた感じだと私よりも若い気がする。

「はい……？」

書類の束を胸に抱えながら、男性と視線を合わせた。私の顔を見るなり、その男性が驚いたように目を見開き距離を詰めてくる。

「うわ……！　突然すみません！　あまりにもお綺麗なので、驚いて思わず声かけちゃいました」

「は!?」

——いきなり何……？

間違いなくうちの社員のはず。だけど、首から提げている社員証に記された名前に見覚えはない。何より今は、気がついたら至近距離に来ている男性に腰が引けて、それどころではなかった。

「あ……あの……」

「総務の漆瀬さん……漆瀬さん!?　あなたが噂の……!!　あ、自己紹介が遅れました。俺、上松《うえまつ》洋《よう》っていいます。つい最近異動で本社勤務になったんです」

——……ていうか、噂って何……？

そう言われて再び胸元の社員証を確認すると、企画開発部と記されている。他部署の男性と私的な交流がほぼない私が、異動してきたばかりの男性社員を知るわけがなかった。

警戒は解かず、とりあえず怪《あや》しい人ではないことが分かり、ひとまずホッとする。

「ああ、そうだったのですね。総務部の漆瀬珠海です。よろしくおね……」

「こちらこそよろしくお願いします。できればもっと親交を深めたいので、SNSなど……」

私の挨拶《あいさつ》を最後まで聞くことなく、ごそごそとスラックスのポケットからスマホを取り出そうとした上松さんに目を剥《む》いた。

——なっ……無理!!

初対面の人といきなりそういうやりとりなんか、いまだかつてしたことがない。

青ざめながら、私はぶるぶると首を横に振り、彼から一歩後ずさる。

「ごめんなさい！　私、そういったことはちょっと……急ぎますので、失礼します」

「え？」

上松さんに勢いよく頭を下げ、そのまま彼を見ずにこの場を後にした。背後から「ありゃ……」という声が聞こえてきたけど、振り向くことはできなかった。

——びっくりした……初対面でいきなりあんなこと言ってくる人がいるなんて……

気が動転しつつ届け物を終えた私は、昼休みにさっきの出来事を向井さんに話した。

「上松洋？　ああ、最近企画開発部に来た人でしょう？　ちょっと前に本社に来るって噂になってたよ」

向井さんと斜めに向かい合ってお弁当を食べていた私は、彼女の言葉にピクッとした。

「噂……？　噂って、なんですか？」

「まだ入社して三年かそこらなのに、すごいアイデアをいくつも出すアイデアマンなんだって。おまけに顔が可愛いとくれば、女子が黙ってないよね。異動が決まった頃から、企画開発部の女子がざわついてたもん」

「へえ……そうなんですか」

――やっぱり私よりも若い人だったか。それにしてもそんなすごい人だったなんて……正直まったくいい印象は持たなかった。

真顔で話を聞いていたら、いきなり向井さんがふふっ、と笑い声を漏らす。

「しっかし……まだ異動してきて間もないのに、もう漆瀬さんを見つけちゃうなんてすごいわね」

私は、複雑な気持ちでお弁当に視線を落とす。

「仕事ぶりは問題なさそうだし、話して素敵な人だったら連絡先を教えてもいいんじゃない？」

それに対して、私は素早く首を横に振った。

「……仕事ができるできないは関係ないんです。私、ああいう、ぐいぐい来る感じの人、苦手なんです……」

どんなに仕事ができようが顔が可愛かろうが、上松さんみたいなタイプは私が最も苦手とする男性なのだ。できることなら、もう二度と顔を合わせたくない。

「そっかー。でも、そういう相手に限って、意外に顔を合わせることが多かったりするのよね。漆瀬さん、頑張れ？」

哀れむような視線を送ってくる向井さんに、心の底から勘弁してくださいと思う。だけど、残念なことに彼女の予言はこの後、見事に的中することになるのだった。

上松さんとの衝撃的な出会いの翌日。

あろうことか出勤した途端、エレベーターの前で本人にばったり遭遇してしまった。

「漆瀬さん!!　おはようございます!!」

いきなり声をかけられ、まさかとそちらを見れば、満面の笑みを浮かべる上松さんがいた。

「……!!　お、おはよう、ございます……」

ぎこちない返事をした私がすぐ正面を向くと、上松さんが私のすぐ横に立つ。

「いやー、まさか朝から漆瀬さんに会えるなんて、今日はいい日だなー。いつもこの時間に出勤ですか？」

「……は、はい……」

「そうなんですね。じゃあ、俺もこれからはこの時間に出勤するようにしようかな。そうすれば漆瀬さんに会える確率が上がりますもんね？」

「……!?」

絶対今の私は、ものすごく嫌そうな顔をしているという自信がある。よって慌てて上松さんから顔を逸らした。でも、上松さんはそんな私の表情など全然気がついていないらしい。

「何度か顔を合わせているうちに、自然と仲良くなってるかもしれませんもんね〜」

私に構わず勝手なことを言っている。この人、仕事はできるかもしれないけど、女性の気持ちに鈍感、もしくは自分の都合のいいようにしか捉《とら》えないタイプ、かもしれない。

――嫌だなあ……本当に、こういう人苦手だ……


「上松」

胸にモヤモヤが生まれるのとほぼ同じくして、私達の真後ろから声がかかった。

私と上松さんが同時に振り返ると、背の高い男性が立っている。その顔には見覚えがあった。

――あれ？　この人……

「斎賀《さいが》さん、おはようございます」

昨日の朝、私が落とした社員証を拾ってくれた人だと思い出した時、上松さんが男性の名を呼んだ。

昨日と同じ、シルバーフレームの眼鏡の奥にあるのは、涼しげな目元。だけど、昨日よりもその表情が険《けわ》しいような気がした。

「おはよう。上松、話があるから階段で行くぞ」

斎賀さんと呼ばれた男性が、エレベーターホールの向こうにある階段に視線を送った。それを見て、上松さんが「あっ」と声を上げる。

「分かりました。じゃ、漆瀬さんまた」

「はい……」

上松さんに返事をして何気なく斎賀さんに視線を移す。彼は、私に軽く会釈《えしゃく》をしてから上松さんを連れて階段へ向かった。

――助かったあ……

二人の背中を見送った後、私は胸を撫で下ろす。

それにしても上松さんには困った。今回は運良く助けてもらえたけど、これからこういうことが起こった場合、どうやって回避したらいいのだろう。

どんよりした気分で部署に到着したら、すぐに向井さんが近づいてきた。

「おはよう漆瀬さん。ねえ、さっき下で上松さんに声かけられてなかった？　ちょうど一階の倉庫の辺りにいたら上松さんの元気な声が聞こえてたんだけど……」

大丈夫？　と神妙な顔をする向井さんに挨拶《あいさつ》をした私は、その時の状況を説明した。

「エレベーター付近で上松さんに話しかけられて困ってたんですけど、すぐに部署の上司らしき方に連れて行かれました。確か、斎賀さんていう……」

「あー、斎賀さん。あの人も今年の春から本社勤務になったよね」

うんうんと頷く向井さんに、斎賀さんを知らなかった私は呆気にとられる。

「向井さん、斎賀さんのことご存じなんですか……」

総務に勤務しているくせに、社員の顔と名前があまり一致しない私とは大違いで、少し凹《へこ》んだ。

そんな私を見て、向井さんが咄嗟《とっさ》にフォローしてくれた。

「あー、いやいや、斎賀さんに関しては私の夫が以前、同じ部署だったから知ってたの。確か九州からこっちに戻ってきたって言ってたかな？　前は営業マンだったんだけど、数年前企画に異動になったらめきめきヒット商品開発して、今じゃまだ若いのに課長職に就いているっていう……上松さんみたいに才能ある人らしいよ。でも、性格は正反対みたいだけど」

「……正反対？　ってことは……」

「大人しいっていうか、気難しいタイプの人らしいよ、斎賀さん。ものすごく気心の知れた人数人としか話さないし、飲み会にもほとんど参加しないって聞いた。超社交的で誰とでもすぐ仲良くなっちゃう上松君とは全然違うみたい」

斎賀さんの話を聞いて、すぐに誰かみたいだと思った。

――私にそっくりだ。

「なんか……親近感が湧きます……」

思わず口にしたら、向井さんが「ああ！」と笑顔になる。

「確かに似てるわね。二人ともルックスがいい、ってとこも一緒だし」

「そ……んなことはないだす……アッ……！」

驚きのあまり、噛んだ。

向井さんが不意を突かれたとばかりにブッ！　と噴き出す。

「……っ、やだもう……その可愛い顔で可笑《おか》しいことされるとギャップにやられる……」

苦しそうに体を震わせる向井さんに慌てて謝った。

「す、すみません……でも、斎賀さんて優しい方なのに、ちょっと意外ですね」

「え、そう？　優しいかどうかはよく分かんないのよね。あんまり噂がなくて」

目尻にたまった涙を拭いながら、向井さんが苦笑した。

「そう……なんですか……」

――確かに社員証を拾ってくれただけで優しいって決めつけるのは、おかしいか……

それで冷静さを取り戻した。今は斎賀さんではなく、上松さんのことを考えるべきなのではないか。そう思ったのは私だけではなかった。

「まー、話を聞いている限り、上松さん、漆瀬さんが嫌がっているのに全然気がついてないでしょう。絶対これからもグイグイ来るわね。覚悟しておいた方がいいわよ」

「そんな……ど、どうしたらいいでしょうか」

「どうしたらってねえ……これも人生だと思って、敢えて荒波に揉まれてみるっていうのもアリかもよ」

「荒波じゃ溺《おぼ》れちゃいますよ……」

がっくり項垂《うなだ》れる私だったのだが、やっぱり向井さんの言うことは当たるのだ。

毎朝遭遇することは免《まぬが》れても、上松さんは何かと理由をつけて総務にやって来るようになった。

「漆瀬さん。この書類お願いしていいですか」

にこにこと微笑みながら私に書類を差し出してくる。それを上目遣いで窺《うかが》いながら、書類を受け取った。

「……はい、不備もありませんので、このままお預かりします。ご苦労様でした」

私が書類を手に会釈《えしゃく》すると、上松さんが困り顔になる。

「ええ、もう終わりですか？　もうちょっと漆瀬さんの綺麗な顔を見ていたかったのに」

「上松さんはお忙しいのでしょう？　どうぞお仕事にお戻りください」

「う～ん、忙しいといえば忙しいけど、それとこれとは別っていうか……」

「ご苦労様でした」

笑顔は崩さず、やや強めの口調で言うと、彼は渋々《しぶしぶ》自分の部署に帰っていった。

——ふう……やれやれだわ。

「漆瀬さん」

書類を手に自分の席に戻ろうとすると、すれ違いざまに同じ部署の上司に呼び止められた。

私よりも少し目線が下くらいの身長に、ややぽっちゃり体型の諫山《いさやま》香屋子《かやこ》さんは私の五年先輩で、今は係長の役職に就いている。

私は、この人が少しだけ苦手だ。

「はい」

返事をすると、諫山さんは無表情で私を窘《たしな》めた。

「まだ本社に異動になって間もない上松さんに対して、あの態度はあまりよくないと思いますよ。同じ会社に勤務する社員同士なのだから、もっと親切な対応を心がけてください」

「はい、申し訳ありませんでした……」

確かに、仕事に私的な感情は出すべきではなかった。それは、素直に反省する。

しかし謝る私を見た諫山さんが「フン」と鼻を鳴らし私を睨《にら》み付けた。

「モテるからって、あまり調子に乗らないでね」

——……

こういったことはこれまで何度もあった。でも、やっぱりいつもと同じように体が強張《こわば》る。

そんな私を一瞥《いちべつ》して、諌山さんは自分の席に戻っていった。

それを横目で見つつ、私も自分の席に着いた。

普段はそこまで風当たりはきつくないのだが、たまに諌山さんから鋭い視線を感じることがある。

たぶん、私のことをあまりよく思っていないのだろう。

——はあ……もうやだ……

自分の席で、誰も見ていないことを確認してから、思いっきり項垂《うなだ》れた。

——ここのところは落ち着いていたのに……

入社したばかりの頃。早く会社に馴染《なじ》みたいからと、頑張って明るく振る舞っていた時がある。

でもそれが、周囲の女性社員と上手くいかない原因となってしまった。

いろいろあった結果、今はなるべく感情を表に出さず、人と接する時も当たり障りなくしている。

常に地味で目立たないことを徹底してきたおかげで、以前ほど周囲から反感は買わなくなった。

『あの人、会社に男漁《あさ》りに来てるのかしら』

『地味にしてても綺麗な人は得よね』

今まで言われてきたことを思い出したらきりがない。同期入社の女性社員とも反《そ》りが合わなくて、誰とも仲良くなれなかった。

私を除いた女性社員だけで仲良くしているのを見るのは、とても辛かった。

——調子に乗ったことなんか、一度だってないのに……

でも、運良くというかなんというか、そのうちの何人かはすでに結婚して退社してるし、異動で地方の支社に行った人もいる。今は同期の女性で本社に残っているのは私だけになった。

陰口は同期以外の人にも言われるけど、それをいちいち覚えてたら精神がもたないので、聞いてもすぐに忘れるようにしている。しかし、久しぶりにああいうことを言われると、どうしたってやるせなくなる。

そういうのが嫌だから、目立たないように地味にして、極力人と関わらないようにしているのに。

――いっそのこと髪を短く切って刈り上げとかにしてみる……？　そうすれば印象変わるかな。

どんなに凹《へこ》んでも、淡々と毎日を過ごすしかないことは分かっている。今までだってそうだった。

――上松さんには、次に会ったらはっきり言おう。申し訳ないけど、迷惑なのでやめてほしいって……

少し気持ちが上向いたところで、私は仕事を再開した。

だけど、そんな私のことを知ってか知らずか、上松さんは想像以上に厄介だった。

お昼休みに私が自分の席でお弁当を食べようとしていると、いきなりうちの部署に上松さんが現れた。

「漆瀬さん!!　よかったらお昼、一緒に食べませんか」

彼の手にはどこかで買ってきたとみられる、お弁当の入った袋が提げられている。

いきなり現れた上松さんにものすごく驚いたのと同時に、今日は向井さんがお休みなので一人でお弁当を食べる予定だった私は、タイミングの悪さに青ざめた。

「……あの、ご、ごめんなさい私、今日は、ちょっと……」

「え？　でも、デスクにお弁当箱広げてますよね。そこで食べるんじゃないんですか」

「そうですけど、上松さんと二人で食べるのは……」

「なんでです？」

けろりとした顔で聞かれて、本当にもう勘弁してください、という心境で項垂《うなだ》れた。

「すぐそこに部長もおりますので……」

私が少し離れた席で黙々とお弁当を食べている部長に視線をやると、私達のやりとりに気がついた五十代後半のロマンスグレーな部長が、困ったように笑っていた。

「上松君……元気なのはいいことだけど、困っている女性を無理矢理誘うのはあまり好ましくないなあ」

さすがに部長にそう言われると、上松さんもマズいという顔をする。

「す、すみません。じゃあ……次はちゃんと承諾をもらってから来ますね。漆瀬さん、すみませんでした」

「はい……」

部長の機転でどうにかこの場を回避することができた。そのことにホッとした私は、すぐに部長へお礼を言った。

「お昼時に騒がしくしてしまって、申し訳ありませんでした」

「いや、いいんだけどね。でも、そろそろ上松君にはっきり迷惑だって言ったら？　あの子、絶対漆瀬さんが困っていることに気がついてないよ」

「……そうですね……はい、そうします……」

「なかなか大変そうだけど、頑張って」

部長はそう言って微笑むと、愛妻弁当に再び箸《はし》を付けた。

この部署に配属になった時から、ずっと私の上司である部長は、たまに私が困ったことになっているとそっと助け船を出してくれる。そんな部長に、いつも本当に感謝していた。

でも、部長が言う通り、本当に早くどうにかしなくては。

昔、散々嫌な思いをした陰口の数々を思い出すと気が重い。頼むからそっとしておいてほしいという気持ちは、どうやったら彼に伝わるのだろう。

ぐるぐる考えながら仕事を終えた私だが、なんと上松さんが帰り支度を済ませた格好でエントランスに立っているのを見つけてしまった。

それを見た瞬間、真っ先に嫌だな、と思ってしまう。

――どうしよう……でも、言わないと……

躊躇《ちゅうちょ》しつつも、私は意を決して彼の元へ歩み寄った。

「あの、上松さん……」

「あ！　漆瀬さん！」

私を見るなり嬉しそうな顔をする上松さんに、胸がモヤつく。

「お疲れ様です。今日は早いんですね、もうお帰りですか」

「はい。実は今日、俺の歓迎会を開いてくれることになっていまして。うちの部署の社員は、全員強制参加なんですよ。なんつって、嘘です。任意です」

「そうでしたか……」

やっぱりこんなこと言いたくないな、という気持ちがまた湧き上がってくる。でも、今言っておかないと、また困ることになる。

「あの、上松さん。ずっと言おうと思っていたんですけど、今日の昼みたいなことは今後やめていただけませんか？　はっきり言って、め……迷惑なんです。本当に申し訳ないのですが……」

「え。迷惑なんですか？　どういうところがでしょう」

まるでどのことを言われているか分からない、といった表情を浮かべる上松さんに、めまいがしそうになった。

――嘘でしょ。

「どういうところって……今日みたいなことですよ。申し訳ないんですけど、私、上松さんと、お仕事以外での個人的な交流は望んでおりませんので……」

ものすごく言いにくいことだけど仕方がない。気分を害するかもしれないけど、はっきり言わないとこの人にはきっと通じなさそうだったから。

なんとか気持ちを伝えた私に、上松さんが一瞬だけ目を泳がせた。

「それって、俺のことが嫌いってことですか？」

「へ？　……いえ、別に嫌いではありませんけれど……」

実際苦手なのは本当だけど、嫌いと断言できるほど、この人のことを知らない。

「よかった。じゃあまだ気持ちが変わる可能性はあるわけですね？」

そう言って、上松さんが私に一歩近づいた。

「上松洋、二十六歳です。まだ漆瀬さんと知り合って日が浅いですが、あなたにひと目惚れしてしまいました。どうか俺とお付き合いしてください！」

よろしくおねがいします！　と元気な声で手が差し伸べられる。ちなみに今は、仕事を終えた社員がポツポツ私達の横を抜けてエントランスから外に出て行っている状態だ。こんな場所でこんなことをされたら、すぐに告白されたことが社内中に広まってしまうかもしれない。

渋い顔をする諫山さんや、陰口をたたく女性社員のことが頭に浮かんだ。

——か……勘弁して……!!

周囲の目を気にしつつ、私は彼に向かって思いっきり頭を下げた。

「ごめんなさい!!　私には無理です！」

「え……無理って、どこが……」

上松さんがこう言いながら眉をひそめた。その時、こちらに向かって歩いてきた男性社員が「おい、上松！」と彼に声をかけた。

「お前、主役なのに何やってんだ？　早く行くぞ！」

「すみません。今行きます」

どうやら上松さんにとって先輩に当たる社員だったらしい。彼は動揺したように、何度か私とその先輩社員に視線を送った。

「ん～～……今日はもう無理か……漆瀬さん、この件についてはまた日を改めて話しましょう。では、お先です」

「イヤちょっと待って、改めるも何もお断りしたんですが」

「とりあえずそれも保留で！　じゃっ」

爽《さわ》やかな笑顔で去って行く上松さんの背中を、私はただ呆然と見つめることしかできない。

——保留って、何……！

なんですんなり分かりました、と言ってくれないのだろう。がっくりと肩を落とし、とぼとぼと歩き出す。

この先のことを考えたらますます気が重くなってきた。

いつもなら真っ直ぐ最寄りのバス停から帰宅するけど、今日はどこかに寄り道して帰りたい気分だった。

「……美味《おい》しいスイーツでも買って帰ろうかなあ……」

誰に言うわけでもなくぼそっと呟きながら、バス停とは反対にある商店街へ足を向けた時。ちょうど私の前を歩いていた男性が信号で立ち止まり、こちらを見た。

上松さんの上司の斎賀さんだ。

「……お疲れ様です」

会釈《えしゃく》をすると、斎賀さんも「お疲れ様です」と挨拶《あいさつ》を返してくれた。

まだ数回しか顔を合わせたことがない男性社員と、こういう自然なやりとりができたことを新鮮に思う。

ほんの少し、胸にポッと灯が点《とも》ったみたいな気持ちになった。

なんとなく距離をあけて一緒に信号待ちをする。無言なのは気まずいけれど、特に話すこともない。仕方なく自分のつま先に視線を落としていると、右斜め上から話しかけられた。

「上松のこと、大丈夫ですか？」

「えっ……？」

まさか斎賀さんからこの話題が出るとは思わず、弾かれたように彼を見上げる。

「どうして？　……あ、もしかして、上松さんが何か言ってましたか」

「いえ、そうではなく……実は先ほど、上松があなたに告白していたのを目撃してしまいまして」

言われた瞬間、羞恥《しゅうち》で顔がカッ！　と熱くなった。

「……そう、でしたか。すみません……」

あんな公衆の面前で告白されたのだから、たまたま通りかかった斎賀さんが見ていたとしても不思議ではない。そう分かっていても、やはり恥ずかしさで居たたまれない。

ここで赤だった信号が青に変わった。私も斎賀さんも反射的に歩き出す。

「上松は勤務態度や仕事に対する姿勢は問題ないのですが、どうも、あなたに関することでは周りが見えなくなっているようですね。先ほどの件も、あんなに大勢の人が行き交う場所ですべきことではないのに」

「……やめてくださいってお願いしたんですけど、何故か……あまり通じてないみたいで」

斎賀さんに、つい本心が漏れる。

「私から上松に注意しましょうか」

不意にかけられた言葉に、斎賀さんを見上げる。横断歩道を渡り終え前を向いていた彼が、横目で私を捉《とら》える。

「え……」

「一応、上松の上司でもあるので」

そういえばと、この前、エレベーターの前で上松さんに会った時のことを思い出した。この人がいいタイミングで、上松さんを連れて行ってくれたんだった。

――そっか。上司である斎賀さんの言うことなら、上松さんも聞いてくれるかもしれない。

だけど、業務とはまったく関係ないところで、この人を頼ってもいいものか。それに、このことがきっかけで斎賀さんと上松さんの関係が悪くなったら、仕事に支障が出るのでは……

となると、自《おの》ずと答えは決まってくる。

「いえ、大丈夫です。自分のことなので自分でなんとかしてみます」

人に頼る前に、まずは自分で行動してから。そう思ったので、気持ちだけありがたくいただいて丁重に申し出をお断りした。

「すみません、気を遣ってくださったのに。でも、お気持ち嬉しかったです。ありがとうございました」

気持ちを込めて斎賀さんに頭を下げた。そんな私に、斎賀さんは静かに頷いてくれた。

「分かりました。それでももし、上松のことで困ったことがあったら、いつでも相談してください。では、私はここで失礼します」

「え」

隣を歩いていた斎賀さんが、ある店の前でピタリと立ち止まった。

「上松の歓迎会があるので、顔だけは出そうかと」

どうやら宴会が行われるのはビルの一階にある、小料理屋らしい。木製の引き戸の向こうからは人の話し声が微かに聞こえてくる。

「そうでしたか。では、私はこれで……お疲れ様でした」

「お疲れ様です」

どうやら私がこの場を去るまで、斎賀さんは小料理屋に入る気配がない。それを悟り、私は軽く会釈《えしゃく》をして歩き出した。その後、背後からドアを開くカラカラという音が聞こえてきた。

少し気が抜けた状態のまま、私は最寄り駅にある商業ビルに向かった。そこに入っている洋菓子店で自分と家族が食べるケーキを買い、駅から出ているバスに乗って帰路に就いた。

ケーキを食べて気分を上げて、今度こそちゃんと上松さんに気持ちは受け入れられないとお断りしよう。

【困ったことがあったら、いつでも相談してください】

バスの窓から見える夜景をぼんやり見つめながら、私は斎賀さんが言ってくれた言葉を何度も思い返していた。

二

私の想定以上に【エントランスでの告白】の話が社内に広がるのは早かった。

顔見知りの社員に遭遇する度に「上松君とどうなったの!?」と聞かれる始末。もちろん、その都度なんともなっていないと説明するが、相手の顔を見る限りでは、信じてくれたかどうかはいまいち分からない。

「最近、部署の外に出るのが怖くて仕方ないです……」

お弁当を食べながら、がっくりと項垂《うなだ》れる。

唯一気を許せる向井さんの前でだけは、本音を出すことができる。そんな私に、彼女も本気で同情の顔を見せた。

「ほんと、こういう情報って広まるのが早いわよね……きっとみんな他人事《ひとごと》だと思って面白がっているのよ。で、その上松さんはどうしたの？　あれから漆瀬さんのところに来た？」

「それが最近姿を見かけないんです。まあ、その方がこっちは気が楽でいいんですけど」

彼に会うことがないと、気持ちが恐ろしく楽だ。やはり自分は、改めてあの人が苦手なのだと確信した。

「あのね？　本当にどうしようもなかったら、私が漆瀬さんの代わりに上松さんに言ってもいいのよ？」

向井さんの言葉がありがたくて、胸が温かくなった。本当に彼女はとても優しい先輩なのだ。

「ありがとうございます……実はこの前、上松さんの上司の斎賀さんも、困ったら相談するようにって言ってくださったんです。だから、最悪の場合はお願いしようかなって思ってるんです」

「そうなの？　それならよかった！　ああ、そうだ。この前社内報の編集作業をしている時に思い出したんだけど、過去の社内報に斎賀さんの記事があってね。ちょっと参考にしたいからって、借りてきた。ほら」

向井さんがデスクの上に斎賀さんの載っているページを広げた。

それは、今から六年前の社内報で、当時営業部に所属していた斎賀さんが、写真付きでインタビューに答えていた。インタビューと言っても、プライベートなことを聞かれて答えるようなものではなく、業務に関する取り組みや、今後の仕事の展望について語るといった類《たぐ》いのものだ。

六年前の斎賀さんの顔は、今とそんなに変わらない。ただ髪が少し短いくらい。もちろんシルバーフレームの眼鏡も健在だ。

「六年前か……私、この号が出た時は、まだ入社して間もない頃で、研修だけでいっぱいいっぱいだったから、社内報の内容なんか全然覚えていませんでした」

「まあ、そうよね。私もこの部署に異動になって間もなかったから、先輩に教えてもらいながらなんとか作業をこなしてたって感じだったな。でも、この写真に見覚えはあるんだよね。あ、この人かっこいい！　って思ったから」

　ふふっ、と当時のことを思い返しながら、向井さんが微笑む。

「この頃の斎賀さんって、すごく女性から人気ありそうですよね。今も素敵ですけど……」

　写真を見つめながら思っていたことがぽろっと口から零れる。すると、何故か向井さんが驚いたような顔をして「えっ」と声を上げた。

「漆瀬さんがそんなこと言うなんて、珍しいわね」

「そうですか？　でも、本当に素敵だと思ったんで……」

　向井さんは不思議そうな顔をして、手元の社内報に視線を落とす。

「確かに斎賀さんって、イケメンだし長身だしでモテる要素はばっちりなんだけど、なんせ仕事以外で人と関わらないから。むしろ、いつも無表情でそれが怒っているように見えるせいか、女性からの人気はないみたいなのよね……」

「……え？　斎賀さんがですか？」

　あのルックスで人気がないだなんて、にわかに信じがたい。

「うん。でも、できる人には違いないんだけどね」

「そうなんですか……」

　向井さんがマグカップに入ったお茶を飲み、話を続けた。

「本社から異動になっちゃった間のことは知らないけど、前よりもぴりついた感じはなくなってたかも。もしかしたら異動先での仕事は大変だったのかもしれないわね」

向井さんの話を聞きながら、社内報の中の斎賀さんを見つめる。

——無表情……でも、怒っているようには見えないけど……

私はこの前の、数メートルだけ斎賀さんと並んで歩いた時のことを思い出す。

確かに口数は少なかったが、言葉の端々《はしばし》に気遣いを感じた。だから私も、一緒に歩いていて変に構えることもなかったのだ。

それだけで判断するのは難しいかもしれないけど、決して怖い人ではなかった。むしろ、いい人だと思う。

この時の私は、斎賀さんに対してそんな印象を抱いていた。


それから数日後。昼休みを狙って、上松さんが私の元へやって来た。

両手いっぱいに紙袋を携《たずさ》えて。

「漆瀬さん！　数日ぶりです!!　お元気でしたか」

「元気です……。それよりも、上松さんその荷物は……？」

彼の手にある紙袋へ視線を移すと、それに気がついた上松さんの顔がパッと明るくなる。

「あ、これはお土産《みやげ》です。出張で名古屋に行っていたので、名物を買い漁《あさ》ってきました。この中に漆瀬さんの好きなものがあればいいなと……」

ガサガサと紙袋から買ってきた物を見せようとする上松さんに、私は慌てて待ったをかけた。

「あの！　それよりもお話があるんです。ちょっといいですか？」

「もしかして、この前保留した話の続きですか？」

ズバリ言われて、私は周囲を見回し、近くに誰もいないことを確認してから頷いた。

「すみません……私、あなたとお付き合いはできません。ですので、こういったことは困ります」

「うわ、また振られた。俺、この短期間で二回も振られてますね」

応《こた》えているのかいないのか。まったくその表情からは読み取ることができない。

だけど、上松さんの目が笑っていないことだけは分かった。

「……じゃあ、教えてくださいよ。漆瀬さんはどういった男性ならお付き合いするんです？」

「え？」

上松さんは私の横をスタスタと歩いて行き、デスクの上に紙袋を置いた。

「聞きましたよ。漆瀬さん、入社以来何人にも告られているのに、誰とも付き合わないって。それは何故なんです？　もしかして、もう決まった人でもいるんですか？　婚約者とか」

私のデスクに片手をつきながら、上松さんが尋ねてくる。その目はこれまで見たことがないくらい、感情が籠《こ》もっていない。

初めて見る人のようで、少し怖く感じた。

「そ……そんな人は、いません」

「じゃあ、好みの人ってどんなタイプなんです？　アレですか、御曹司みたいな金持ちじゃないと相手として見ないってことですか？　ただの平社員にはまったく気持ちが動かない？」

小馬鹿にしたような物言いに、全身から血の気が引いていく。

――私は今、何を言われて……

「そんなことはありません！　私は肩書きで相手を見たりなんかしません」

「じゃあ、俺でもいいじゃないですか。今は好きじゃなくても構いません。ものは試しで付き合ってくださいよ。そうすれば、そのうち気持ちも動くはずです。いえ、動かしてみせますから」

上松さんはきっと自信があるのだろう。だけど、私の心は動かない。それどころか、どんどん気持ちが離れていくのが手に取るように分かる。

――やっぱり私、この人無理……！

「無理です。ごめんなさい」

もう一度お断りしたら、上松さんの表情が曇った。

「……漆瀬さんは、俺を馬鹿にしている？」

いきなりこんなことを言われて、口がポカンと開いてしまう。

「何を言って……」

「だってそうでしょう？　俺がこんなに頼んでいるのに、まったく考える素振りも見せずにすぐ断る。まるで端《はな》からお前なんかお呼びじゃないって感じで、取り付く島もない。せめてもう少し考える姿勢を見せてくれたってよくないですか」

「姿勢って……付き合う気持ちがないのにそんな気を持たせるようなことできません！　そっちの方が相手に対して失礼じゃないですか」

正直な気持ちを伝えたつもりだった。なのに、反論するように間髪容《かんはつい》れずに言葉が返ってくる。

「いいえ、俺にとっては今の方が残酷ですね。恋人になる以前に、男としても見てもらえていない。こんなのひどすぎますよ。きっとあなたみたいにモテる女性には分からないでしょうけど」

吐き捨てるように言われた言葉がぐさりと胸に刺さる。

「あなたみたいな人、好きになって時間の無駄でした」

ただでさえショックを受けていたところに、ダメ押しの一言を食らう。それは、想像以上に私の心を抉《えぐ》っていった。

——時間の……無駄……

呆然としていると、今まで見たこともないような冷たい表情で、上松さんが口を開く。

「こんなもん俺いらないんで、差し上げます。いらなかったら捨ててください」

そう言うなり、上松さんが私の横を通り過ぎる。すれ違いざま、肩にドン！と彼の二の腕がぶつかったが、上松さんは何も言わずに部署を出て行った。

「いたっ……」

ぶつかった衝撃で顔をしかめる。だけどそれ以上に、彼の言葉が私の心を傷つけていた。そのせいで、この場から一歩も動くことができない。

「あれ？　今、上松さんとすれ違ったけど。もしかして来てたの？」

コンビニに昼食を買いに行っていた向井さんが戻ってきた。彼女は買ってきた昼食をデスクに置くと、すぐに私のデスクにある紙袋の存在に気がついたようだった。

「あら、何これ？　名古屋名物……ういろう？　もしかしてこれって上松さんのおみや……

げっ⁉」

向井さんが驚き、私を見て固まった。

「漆瀬さん……‼　何があったの……⁉」

「え……？」

慌てて駆け寄ってきた向井さんが、私をその胸に引き寄せ抱き締めた。彼女の温もりに包み込まれた途端、気が緩んだせいか目に涙が溢《あふ》れてくる。

――やばい、泣きそう……

向井さんに何があったのか説明しようとしたけど、上手く言葉が出てこない。

「上松ね？　上松がなんか言ったのね⁉」

私を強く抱き締めながら背中を摩《さす》ってくれる。向井さんの声音には怒りが含まれていた。

――どうしよう、向井さん怒ってる。

確かに上松さんが原因ではあるけれど、これ以上、事を荒立てたくない。

「だ、大丈夫です。ごめんなさい……」

向井さんの胸から顔を上げると、いつのまにか近くに部長が来ていた。ずっと自分の席にいた部長は、話の内容は分からないまでも私と上松さんのやりとりを一部始終見ていたのかもしれない。

――うっ……恥ずかしい。あんなの見られてたなんて……

「漆瀬さん、まだ休憩時間あるから、どこかで休んでおいで。そんな顔をしていたら昼食を食べて戻ってきた社員達がびっくりするから」

「うん、そうね……その方がいいわね」

部長の提案に、向井さんも同意した。私は向井さんから離れ、目元を拭いながら二人に頭を下げる。

「すみません……少しだけ、席を外します……」

心配そうに見守る向井さんと部長に軽く会釈《えしゃく》をしてから、私は部署を出て外に向かった。

【あなたみたいな人、好きになって時間の無駄でした】

こんなこと、人生で初めて言われた。

誠実に気持ちを伝えたつもりだったけど、言い方を間違えてしまったのか？

じゃあ彼に言われるまま付き合えばよかったのか？　でも、好きでもないのに付き合ったら、それこそ残酷ではないのか？

試しにお付き合いをして、やっぱり好きになれなかった時はどうするのだ。

自分を偽ったまま相手と一緒に居続けるのは、相手に対して失礼だし、それこそ、時間の無駄ではないのか。

――本当の気持ちを話しただけなのに、なんであんなことを言われないといけないの……？

歩きながら悶々《もんもん》としていたら、またじわりと涙が浮かんでくる。どうやら、完全に涙腺を刺激するスイッチが入ってしまったらしい。

――いい年して泣くな。みっともない。

すれ違う人に見られないよう、俯《うつむ》いたまま外を目指す。そんな時に限って、タイミング悪く声をかけられた。

「漆瀬さん」

聞き覚えのある低音に小さく胸が跳ねた。控えめに顔をそちらに向けると、正面から斎賀さんが歩いてきた。おそらく、外で食事を済ませて戻ってきたところだろう。

斎賀さんは私の顔を見るなり、驚いたように目を見開いた。

「どうしたんですか」

そう言いながら、私のすぐ近くまで歩み寄ってきた。

どうしたと言われても、すぐに事情を説明することなど、今の私にはできない。

「なんでもありません、大丈夫です」

声もいつもより出ていないし、斎賀さんと再び目を合わせることもできない。これでは何かあったと一目瞭然《いちもくりょうぜん》だろう。

——気まずい……

「すみません、急ぐので……」

会釈《えしゃく》をしながら斎賀さんの隣を通り過ぎようとした。しかし、咄嗟《とっさ》に「ちょっと待って」と呼び止められてしまう。

「そんな状態でどこに行こうっていうんだ」

これまでのような落ち着いた丁寧さはなく、素の感情を表に出したような斎賀さんに戸惑う。

——斎賀さん、なんだかいつもと違う……

焦りのようなものが浮かぶ斎賀さんと目を合わせ、私は小さく首を横に振った。

「いやあの……少し外の空気を吸って気持ちを落ち着けようと思って。だから……失礼します」

斎賀さんの視線から逃れるように顔を背《そむ》けた。そのままこの場を去ろうとしたら、手首を優しく掴まれた。

「待って。今の君は一人でいると余計に目立つ。——おいで」

「えっ……？　あ、あの……」

戸惑う私に構わず、私の手首を掴んだ斎賀さんが、来た道を戻り始めた。

——どこへ行くの？　っていうか、なんで斎賀さんまで？

手首を掴まれて一緒に歩いているところなど人に見られたら、またどう思われるか分からない。

彼の背中を見ながらそんな不安を抱いていると、正面から人が歩いてくるのが見えた途端、私の手を掴んでいた斎賀さんの手が離れた。

「すぐそこのコンビニに行くだけだから」

「は……はい」

連れだって社屋を出た私達は、道路を挟んで向かいにあるコンビニに入った。

「どうぞ」

「ありがとうございます……」

何を飲むか聞かれて、真っ先に目に入ったカフェオレと答える。すると、彼がカフェオレと自分用のコーヒーを買ってくれた。店を出て、コンビニの壁に凭《もた》れながら、二人並んで立ったままそれを飲んだ。

斎賀さんが買ってくれたのは、私もよく飲むごく普通のカフェオレ。なのに、今日のカフェオレはやけに心に沁《し》みた。

――美味《おい》しいなあ、このカフェオレ。こんなに美味《おい》しかったっけ。

ほう……と息を吐き出していたら、コーヒーを飲んでいた斎賀さんが、こちらを見ないまま話しかけてきた。

「少しは落ち着いた？」

「はい……」

「原因は上松だろう」

いきなり言い当てられてしまい、ため息をつく。

「はい……」

「……あいつに何を言われた？」

そこまで分かっているのなら、話してもいいかという気になった。

「……もう一度ちゃんと、お付き合いをお断りしたんですけど、私の言い方がよくなかったのか、上松さんの気分を損ねてしまって……ちょっと……言われたことがショックだったというか……」

恥ずかしくて、視線を手元のカップに落とす。

二十八にもなって人前で泣くなんてみっともない。しかも、たまたま通りかかった斎賀さんに心配までかけて、私は一体何をやっているのか。

考えれば考えるほどやるせなくなる。

「……上松は、今まで女性に振られたことがないそうだ」

「え？」

いきなりそう切り出した斎賀さんを見上げる。

「おそらく上松は、漆瀬さんが自分を断るはずがないと思い込んでいたんだろう。でも、振られた。それが上松にとっては受け入れがたいことだったんだろう。だから、思わず君に怒りをぶつけた……ってとこかな」

「あんなに無理ですって言っていたのに、どうして私が断るはずがないなんて思い込めるんでしょう……」

「周囲がちやほやしすぎなんだろう。あれじゃ天狗《てんぐ》になっても仕方がない。今回のことは、これまで自信満々だった上松の鼻が折れて、むしろよかったんじゃないか」

涼しい顔で紙コップに口を付ける斎賀さんを見つめ、私はまたため息をついた。

「でも……私、彼を傷つけてしまいました」

「君が傷つくよりはいい」

間髪容《かんはつい》れず返ってきた言葉に、また斎賀さんを見上げた。それに気づいた斎賀さんも、顔をこちらに向けてきた。

「ん？」

「いいえ、あの……同じ部署でもない私に、なんでそんなことを言ってくれるんだろうって思って……」

「あんな泣きそうな顔で歩いていたら放っておけないだろう。その原因が自分の部下なら、余計だ」

斎賀さんは残っていたコーヒーをぐいっと呷《あお》った。空《から》になった紙コップをゴミ箱に入れ、私の隣に戻ってくる。

「……涙はもう引っ込んだ？」

斎賀さんが、少し腰を屈《かが》めて私の顔を覗《のぞ》き込んできた。その顔があまりにも綺麗だったので、ドキッとする。あと、近すぎる距離にも。

「は……はい、大丈夫、だと思います……」

「でもまだ目が赤いな」

じっと目を見つめられると、どこを見ていいか分からない。私はたまらず一歩後ろに下がった。

「……か、花粉症で誤魔化します……」

こう言ったら、斎賀さんが腰を屈《かが》めたまま「あ」という顔をする。

「なるほど。そういう手があったか」

体勢を戻し口元に手を当てながら、真顔で納得している。そんな斎賀さんがなんだか可笑《おか》しくて、笑いが込み上げてきた。

「そんな真剣に言い訳を考えなくても……」

でも相手は先輩社員。笑っちゃいけないと思い必死で笑いを堪《こら》える。そんな私を黙って見つめていた斎賀さんの表情が、少しだけ柔らかくなった。

「笑顔の方がいいよ、漆瀬さん」

斎賀さんの口から、彼が発したとは思えない言葉が紡《つむ》がれた。

「……え？」

「そろそろ昼休みが終わる。行こうか」

ぽかんとする私にちらっと視線を送って斎賀さんが歩き出す。慌ててカフェラテのカップを持ったまま彼を追いかけた。

社屋の正面玄関からエントランスに入る寸前、斎賀さんが立ち止まって私を振り返った。

「前も言ったと思うけど、上松のことで何か困ったら遠慮なく相談して」

眼鏡の奥にある切れ長の瞳が、困った時は頼れと言っている。

「きっと……もう大丈夫だと思います。私のことなんか嫌いになったみたいですし。それに、彼の上司である斎賀さんに相談するのはちょっと……言いつけるみたいじゃないですか」

上目遣いで斎賀さんを窺《うかが》うと、何故か彼は、ふいっと視線を逸らしてしまう。

「上司として当然のことだ。上松は、はっきり言わないと気づかないことも多いから。漆瀬さんが心配するようなことは何もないよ」

「でも」

躊躇《ためら》っていると、斎賀さんが胸ポケットからカードケースを取り出し、そこからカードを一枚抜いて私の手に握らせた。

「いつでも構わないから」

さらりと言い放ち、斎賀さんはエントランスの奥へ消えていった。

彼が去って行くのをじっと見守ってから、手の中にあるカードへ視線を落とす。それは、斎賀さんの名刺だった。よく見れば携帯電話の番号も記載されている。

名刺に記載されている名前は、斎賀陣《じん》。

私は部署に戻るまで、ずっとその名前を頭に思い浮かべていた。


その日、仕事を終えた私は、上松さんが置いていったたっぷりお土産《みやげ》の入った紙袋を持って、企画開発部に向かった。

いらなかったら捨ててくれ、なんて言われたけど、そんなことできるわけがない。

かといって、あんなことを言われた相手からもらったものを、何食わぬ顔で持って帰れるほど私は強心臓ではない。

――もしかしたら、またキレられるかもしれないけど……それでも、もらったままでいるよりは返してスッキリした方がマシ。

企画開発部で最初に会った女性社員に上松さんのことを聞いたら、その女性がフロアの奥の方にいた上松さんを呼びに行ってくれた。それを目で追っていると、何気にすぐ近くには斎賀さんの姿もあった。

いつもの無表情で、パソコンの画面に見入っていた斎賀さんは、上松さんが私の存在に気がつくと同時に顔を上げた。

——あ。こっち見た……

斎賀さんと視線がぶつかったことで、何故か私の胸がドキドキ音を立て始める。そのことに動揺していると、眼前にものすごく焦った様子の上松さんが早足で近づいてきた。その勢いに、思わずビクッと体が震える。

また何か言われるかもしれない、と無意識に身構えていたら、いきなり頭を下げられた。

「……っ、すみませんでした！」

「え」

「……いくらあなたに振られて苛ついていたからとはいえ、ひどいことを言ってしまいました。本当に申し訳ありませんでした」

まるで昼とは別人のような上松さんに、なんだか狐につままれたような、変な気分になる。

「上松さん、昼はあんなに怒っていたのに」

体を戻した上松さんが、申し訳なさそうに視線を泳がせる。

「いやその……あの後、少し冷静になったところで上司からたまたますれ違ったあなたが泣いていたと聞いて……自分の言動を思い返してみたんです。さすがに、あれはひどかったと……思って……」

上司というのは、斎賀さんのことだろう。

ちらっと斎賀さんの方へ視線を向けると、一瞬目が合ったのにすぐ逸らされてしまった。

——大丈夫だって言ったのにな……

それでも、こんな風に上松さんから謝罪してもらえたのは、斎賀さんのおかげかもしれない。素直にありがたく思った。

「そうですか。私も上松さんのことを深く知ろうともせずに、一方的に拒絶するような態度を取ってしまったので。ご気分を害されるのも無理ありません」

これに対し、急に上松さんの表情が明るくなる。

「え……じゃあ付き合ってくれるんですか？」

「いいえ。それは絶対に無理です。それとこれ、やっぱりお返しします」

お土産《みやげ》の入った紙袋を彼に返すと、上松さんの表情が分かりやすく曇り、そのままがっくりと項《うな》垂《だ》れてしまった。

「まあ、そうですよね……」

紙袋を胸に抱えている上松さんが、これまでと違って小さく見える。

その姿を見ているうちに、あまりのギャップに笑いが込み上げてきた。

「ふふっ……ほんと、上松さん昼と別人すぎます」

申し訳ないけど声を上げ笑ってしまった。すると、何故か上松さんが、私を見たまま顔を赤らめた。しかも気のせいか、体が微かに震えているような気もする。

——あれっ？　なんで顔赤い……もしかして笑ったことに怒ったのかな。

「すみません、私——」

慌てて笑うのをやめると、上松さんが紙袋を両手に抱えたまま、私に一歩近づいた。そして彼は、天井に向かって声を張り上げる。

「漆瀬さああん!!　やっぱり好きだあああああ!!」

「えっ!?　えええ!?」

真っ赤な顔でいきなり叫んだ上松さんに、部署に残っていた社員の視線が一気に集まる。

その中には、もちろん斎賀さんの視線も含まれていた。斎賀さんは、目を見開いたまま私を見た後、額《ひたい》に手を当て項垂《うなだ》れてしまった。

――さ……斎賀さん……どうしましょう……

きっぱりお断りしたのに、今度はこんな場所で愛を叫ばれてしまった。

結局上松さんのことは、今日ですっきり終わり……とはいかなかったのだった。


翌日出勤すると、やっぱりというか案の定というか、いつも以上に視線が痛かった。

特に上松さんが叫んだ現場を、その場で目撃した企画開発部の女性からは、かなり冷ややかな視線を浴びせられる。

「告白されるのはいいけど、さすがに場所をわきまえて欲しいわよね」

「そうよね。やるんだったら誰もいない場所で二人きりでやってほしいわ。それにしても、上松君にはがっかりよ。やっぱ顔なんだね」

エレベーター待ちをしている間、企画開発部の女性二人が背後でわざと私に聞こえるようなボリュームで話している。その一言一句が針のようにチクチクと私の背中に刺さってきた。

――いや私、ちゃんと断ってるし……どうすりゃよかったのよ……

昨日、企画開発部で再び告白してきた上松さんは、駆けつけた斎賀さんを含めた同僚に取り押さえられた。

『漆瀬さん、もう行っていいよ』

斎賀さんに言われて、私は急いで『すみません、失礼します！』と挨拶《あいさつ》をして、企画開発部を後にした。

結果として、上松さんと仲直りをしたことはよかったのか、悪かったのか。

いまだ背後で、私に対する当てつけのように文句を言い続けている女性二人に嫌気がさし、エレベーターに乗るのを諦めた。

人気が少ない階段で三階にある部署へ向かおうとすると、背後に人の気配を感じた。

――まさか上松さん⁉

勢いよく振り返ったら、後ろにいたのは斎賀さんだった。

「あ……斎賀さん。おはようございます」

「おはよう」

斎賀さんの顔を見た瞬間、自分でもびっくりするくらい安心して気が抜けた。

いつもと変わらぬシルバーフレームの眼鏡に、綺麗に整えられた髪。それと、耳馴染《なじ》みのいい低い声。しかも斎賀さん、いい匂いがする。

いい匂いをさせた斎賀さんは、私の隣に来ると、いきなり謝ってきた。

「昨日は上松が申し訳なかった。漆瀬さんには気まずい思いばかりさせてしまって、なんとお詫びしたらいいのか」

斎賀さんは、本当に申し訳なさそうに目を伏せている。彼は、何も悪くないのに、だ。

そんな顔を見たら、こちらの方が申し訳なくなってきた。

「いえ、斎賀さんは何も悪くありません。だから、そんな顔なさらないでください。上松さんは、なんというか、ああいう人なんだなって昨日一日でよく分かりましたし……もう、いいです。今後は何を言われても、きっぱりお断りしますから」

彼を安心させようと、努めて明るく振る舞った。だけど斎賀さんの表情は晴れない。

「いや、上松だけじゃないだろう。さっきエレベーターの前で、君の話をしている社員がいたようだし」

「ああ……」

「あまりにひどいようなら、何か手を考える」

今の一言で、さっきの嫌な気持ちを全部チャラにできた。

「ありがとうございます。そうやって、ちゃんと分かってくれている人がいると分かっただけで、私は大丈夫です。だからもう、気になさらないでください」

私の言った内容が理解できないのか、斎賀さんが困り顔で見下ろしてきた。

「恥ずかしながら、私、わりと周囲に誤解されやすいみたいで、こういうことがよくあるんです。

だから、本当に気にしないでください」

「こんなことがよくあるのか」

「ええ、まあ……すみません……」

恥ずかしいと思っていると、斎賀さんがため息をついた。

「……昨日渡した名刺、今持ってる？」

階段をゆっくり一段ずつ上《のぼ》りながら、斎賀さんが私に尋ねてくる。

「はい、持ってますけど」

「ちょっと貸してもらっていいかな」

「？　はい」

なんだかよく分からないけど、言われるまま、スマホケースのカードホルダーに入っていた斎賀さんの名刺を渡した。

彼はそれを手にすると、胸ポケットからペンを取り出し、さらさらと何か書いていく。

「よく考えたら電話番号だけしか書いてなかった。業務以外のことを電話で連絡っていうのは、ハードルが高いように思うので、ＳＮＳのＩＤを書いておいた。緊急の連絡があれば、ここに送って」

ペンを胸ポケットにしまいながら、斎賀さんが名刺を私に戻してくる。裏面に手書きで書かれたＩＤを見た瞬間、私の胸が苦しいくらい締め付けられた。

「あ……ありがとうございます。休憩時間に早速登録しておきます」

「よろしく。あと、君、上松の前であまり笑顔を見せない方がいい」

「へ？　どうして……」

「ものすごく可愛いから。あれだと上松にとっては逆効果」

気がついたら私の部署がある三階に到着していた。

斎賀さんが勤務する企画開発部は四階にあるので、彼は私にちらっと視線を送ると、そのまま大股で階段を上《のぼ》っていった。

その足の長さに驚く以上に、私の頭は別のことでいっぱいで、その場から動けなくなった。

――今……笑顔が可愛いって言った？　しかもものすごくって……

言われた内容を頭が理解した途端、嘘みたいに顔が熱くなってきて呼吸が浅くなる。

いや、あれは気をつけるように教えてくれただけだ。きっと深い意味なんてないはず。だけど、どうしても体が熱くなるのを止められない。

正直に言うと、これまでも人から可愛いと言われたことは結構ある。

けれど、男性にそう言われて、ここまで動揺したのは人生で初めてだった。

思い出したら、心臓があり得ないほどドキドキして、足に力が入らなくなる。

私は胸に手を当てたまま、彼が上《のぼ》っていった階段をただ見つめていた。

昼休み。利用しているＳＮＳに斎賀さんのＩＤを登録して数時間後。

先に【よろしくお願いします】と送っておいたら、ちゃんと既読がついていた。

――見てくれた。

ただ見た。それだけのことなのに、なんでこんなに嬉しいのだろう。

これまで誤解され悪く言われることの方が多かったのに、ちゃんと事実だけを見て気遣ってもらえたことが、心から嬉しかったからだと思う。

なんとなくふわふわした気持ちのまま、いつも通り仕事を終えた。

「お疲れ様でした」

向井さんや席が近い同僚に挨拶《あいさつ》をして部署を出る。エントランスから外へ抜け、最寄りのバス停まで真っ直ぐ歩く。バス停には五、六人のバス待ちの行列ができていた。

うちの社屋の近くにはバスの車庫がある。よってこれくらいのバス待ち行列なら間違いなく座って帰れる。

家までの距離が結構長いので、座って帰れるのはありがたい。ホッとした私はオレンジ色の光を放つ夕日に目をやった。

――まぶし……それに、まだ結構暑い。

夕方とはいえまだ気温が高く蒸し暑い。ずっと髪を結んでいたので、頭の中が蒸れて気持ち悪い。ここは外だし、あとはもう帰るだけ。だったらいいかと髪をほどいた。軽く手櫛《てぐし》で整えてから何気なく顔を横に向けると、そこに斎賀さんが立っていた。

「……お、お疲れ様です……」

「お疲れ様」

それだけ言うと、斎賀さんは無言で私の隣に立った。もしかして、斎賀さんもこのバスに乗るのだろうか。

「バス……乗られるんですか？」

躊躇《ためら》いがちに声をかけたら、斎賀さんがフッと口元を緩めた。ちなみに彼とバス停で一緒になるのは、私の認識では初めてだと思う。

「うん。漆瀬さんはいつもバス？」

「はい。斎賀さんは……？」

「普段は電車か、たまにマイカー。今、車を点検に出してて、今日は久しぶりにバスで帰ろうかと思って」

「そうだったんですね。このバスに乗るってことは、同じ方向なんですね」

「ああ、○○町だから」

「えっ」

斎賀さんが口にした住所は、私の実家がある町の隣だった。

「実は近かったんですね」

素直に驚いていると、斎賀さんもそうだねと頷いた。具体的にどの辺か、という話をしているうちにバスが来た。タイミングが良かったのかそれほど混み合ってはおらず、ごくごく自然な流れで二人がけの椅子に並んで座ることになった。

——う……体が思いっきり密着している……

斎賀さんの肩とか腕の感触や、微かに香るいい匂いにめまいがしそう。こんな状態で、私は無事に家まで辿《たど》り着けるのだろうか。

緊張して悶々《もんもん》としていると、そうだ、と言って斎賀さんがスマホを取り出した。

「登録してくれてありがとう」

「あ、いえ」

「緊急時は遠慮なく連絡ください」

「はい、ありがとうございます」

斎賀さんがスマホに視線を落としながら、手早く操作をする。その数秒後、私のスマホが小さく震えた。

「もしかして、何か送りました？」

「うん」

慌ててスマホを取り出して確認すると、斎賀さんからのメッセージが画面に表示されていた。

【上松とはその後、何かあった？】

思わず斎賀さんを見た。これを使用するのは緊急時じゃなかったのだろうか。

「普通に口で聞いてくださいよ」

「言いにくいかと思って」

いいのかな？　と思いながらも、私も彼に倣《なら》ってメッセージを返す。

【今日は会っていないので】

ちらっと隣を見たら、斎賀さんが小さく頷きながらすばやく文字を入力した。

【宿題を多めに出したからかな】

「宿題？」

声に出して尋ねたら、斎賀さんが理由は分かるだろ？　と言わんばかりに首を小さく傾げた。

「一応上司なので」

クスッと小さく笑った私は、またスマホに視線を落とす。

【斎賀さんって、おいくつなんですか】

【三十三】

返事はすぐに届いた。

――あれ。意外と若いんだな。

課長って聞いてたから、もうちょっと上かと思ってた。

【私と五つしか変わらないんですね】

【顔が老けてるからね】

自虐的な返しに、ガクッとなりかけた。

【そんなこと一言も言ってませんよ】

【言わなくても分かる。昔から五歳は上に見られてきたから】

【落ち着きがあるってことですよ】

五歳違いとは思えない、この斎賀さんの落ち着きよう。

私が三十三歳になった時、斎賀さんのようになっているとは思えない。

――できる人って、やっぱりどこか違うんだろうなあ……

しみじみと隣の斎賀さんを見ていたら、彼がこっちを向いた。

「そんなに落ち着いて見えるかな」

「はい。あ、もちろんいい意味ですよ!?」

はっきり頷く。すると斎賀さんは、困惑しているのか呆れているのか、微妙な顔をした。どちらなのか、彼の表情からは読み取ることができない。

「まあ、落ち着きがないと言われるよりはいいな」

ため息をつきながら、斎賀さんが窓の外を見る。

「そうですよ」

「漆瀬さんは、社内ではわりと目立つ存在だよね」

「……目立つ顔をしているってことは、分かってます」

「目立つ顔って」

斎賀さんが苦笑する。

「すみません……」

「いや、謝ることじゃないけど」

「……この外見なので、子供の頃からいろいろあって……だから、正直に言うと、自分の顔があまり好きではないんです」

斎賀さんが私を見ている。気配と微かな肩の動き方で分かった。

「どんなに地味にしていても目立つし、何もしていないのに目の敵《かたき》にされたりするので」

言うつもりなどなかったのに、ポロリと愚痴が口から出てしまった。

こんなことを斎賀さんに打ち明けたところで、彼が返事に困るのは目に見えている。でも、上松さんがらみでいろいろあったせいか、知らず知らずのうちに鬱憤《うっぷん》がたまっていたらしい。

数秒後、斎賀さんが静かに口を開いた。

「目立ってしまうのは、地味にしていても美しさが際立っているからだし、目の敵《かたき》にされるのは、自分が持っていないものを持っている君が羨《うらや》ましいからじゃないか？」

――羨《うらや》ましい……？

斎賀さんの言葉に敏感に反応し、思わず私は反論していた。

「そんな……羨《うらや》ましいからって相手を目の敵《かたき》にしてもいいんですか？　私は……ただ穏やかに暮らしたいだけなんです。一方的な好意も、理不尽な敵意も望んでいません」

「好意を持たれるのは悪いことではないだろう。なんでもかんでも拒絶するのはどうかと思うけど」

静かに諭《さと》され、ぐっと口ごもった。

確かにそうかもしれない。頭では分かっているけど、そんな簡単に割り切ることはできなかった。

「……私の内面を何も知らないのに、外見だけで好きだと言われても困りますし、正直その心理が理解できません。勝手に外見から中身を判断されて、もし思ってたのと違ったらどうするんでしょう。騙《だま》した私が悪いってことになるんでしょうか。そんなの……納得いきません」

「それは、君のせいじゃないだろう？」

「でも、最終的に嫌な思いをするのはいつも私です。思ってたのと違う、中身は地味で暗いって。だから目立たないようにしているのに、今回みたいなことがあると、陰口を言われるのはやっぱり私なんです。だから……両親には申し訳ないけど、本当にこの顔が嫌いなんです……」

思っていたことを全部吐き出して、視線を落とす。

無言の時間が数秒続き、斎賀さんがふうっ、と息を吐いた。

「……外見ばかりと君は言うが、初対面なら外見でしか相手を判断できない。それ以外の良さを知りたくても、その余地がないのでは？」

冷静な指摘に、斎賀さんを見たまま固まってしまう。

「もちろん、君に迷惑をかける男が一番悪いし、君が今までしてきた苦労は本当に大変だったのだろうと思う。その上で敢えて言わせてもらうが、君に告白してきた男が、全てそんな奴らばかりだったとは言い切れないし、目の敵《かたき》にしていた人間と分かり合えないとも限らない。中には本当に君が好きで、どうにかして親しくなろうと必死だった男がいたかもしれないし、君を目の敵《かたき》にしていた相手と友達になれたかもしれない。頭から相容れないと決めつけるのは間違っている」

「そ……それは……でもっ」

上手く頭が回らない。どう返事をすればいいか分からなくて、黙り込む。そんな私に、斎賀さんは静かに言葉を続けた。

「君が自分で思う短所は、活かし方によっては長所になるんじゃないか。地味にしたところで結局は目立つなら、長所として活かしていく方が、少なくとも今よりは楽になると俺は思うけどね」

「短所を……長所にして活かす、ですか……？」

「そう。その方がいい」

斎賀さんにはっきり言われ、視線を落とす。

——この外見を活かす……？　でも、そんなことしたら、また昔みたいに周りから何か言われたりするんじゃ……

悶々《もんもん》と考え込んでいると、斎賀さんが壁にある降車ボタンを押した。

「次で降りるよ」

結局、何も言えないまま、バスは停留所に到着した。

「じゃ、お疲れ様」

「お疲れ様でした……」

立ち上がった斎賀さんに会釈《えしゃく》をすると、それに会釈《えしゃく》を返して彼はバスを降りていった。乗り込んできた人達でバスの中が埋め尽くされるうちに、斎賀さんの姿は私の席からは見えなくなる。

——短所を長所に、か……

まさか斎賀さんにあんなことを言われるとは思いもしなかった。

そのせいだろうか、彼の言葉が頭の中で何度もリピート再生されている。

——これまでの私の考え方は、間違っていたんだろうか……

自分の外見を長所にするなんて、考えたこともなかった。

いつも一方的に向けられる気持ちは怖く理不尽なもので、いつしか全部拒絶するようになっていた。でもそれは、自分も相手の気持ちをまったく考えていないということ。

私は無意識のうちに自分がされて嫌なことを、相手にもしていたということになる。

これまでの自分を省《かえり》みて、なんともいえない気持ちになった。

――私、すごい嫌な女だよね……陰口を言われても仕方がないのかもしれない……

重苦しい息を吐き出し、窓の外を眺める。

私はバスを降りるまでずっと斎賀さんに言われたことを考えていた。

三

あれから上松さんが私のところに来る頻度《ひんど》はがくんと減った。

相変わらず会う度に好意を向けられる。だけど、以前のように頭から拒絶するのではなく、お礼を言って軽く受け流すことができるくらいにはなった。

「漆瀬さん、最近上松さんが来ても動じなくなったわね」

正面エントランスで配送業者から荷物を受け取り、台車に乗せて備品倉庫へ向かう途中、向井さんにズバリと言われた。

「……まあ、そうですね……ちょっと気持ちの変化がありまして……」

そう返したら、向井さんが驚いた顔で足を止めた。

「え。変化って……もしかして上松さんと付き合うの⁉」

「えッ⁉　いやいや、そうじゃないんです。そうじゃなくて……なんというか、好意云々《うんぬん》は別として、もう少し上松さんという人を知るのもいいのかなと思いまして……」

斎賀さんに言われたことを踏まえ、少し考え方を変えてみようと思った。

それに私の意識が変わったことで、上松さんからの告白が、以前のものとは微妙に種類が違っているのに気がついた。

「以前は本気度が高かった気がするのですが、最近の告白は、なんていうか……そういう感じじゃなくて、挨拶《あいさつ》みたいなものなんじゃないかなって。だから私も軽く受け流せるようになったんです」

さすがに本気の告白を毎回受け流すことなんかできない。上松さんは、私に付き合う気がないことをちゃんと分かった上で、接しているような気がする。

「きっと恋人志願から、友達志願に変わったのね。でも、それもいいんじゃない？　漆瀬さん、男性社員にお友達いないでしょう？　上松さんは、今後そういう存在になるかもよ」

「なるほど、男友達ですか……いいですね」

実際、私は男友達というものとは縁がない人生を送ってきた。

大人数で行動するのはあまり好きではないのだが、友人同士が集まってわいわいするのは楽しそうでいいなと、何度か思ったことがある。

――こんな風に思えるようになったのも、斎賀さんに言われたことがきっかけだよね……しみじみ考えていると、後ろから「漆瀬さん」と声をかけられた。振り返ると、そこには広報部の部長である男性が立っていた。

「忙しいところ悪いね、ちょっといいかな」

男性の名は折居真司《おりいしんじ》。三十六歳の若さで広報部の部長を務めている、非常に優秀な男性だ。

折居さんは私の隣にいる向井さんにちらっと目配せする。

向井さんはその意図を理解したように「先に行ってるね」と、私を置いて備品倉庫へ向かった。

「お疲れ様です」

廊下の端っこに台車を置き、折居さんと向かい合う。

この折居という男性は、高身長でやたらと顔がいい。斎賀さんもイケメンだが、彼がクールなイケメンなら、折居さんは社交的なイケメンだ。パーマのかかった髪や、きっちり整えられた眉毛から美意識の高さが窺《うかが》える。目鼻立ちのはっきりしたやや濃いめの顔立ちは、女性社員からの人気が高いらしい。

そんな折居さんが私に何の用があるのか。大体の予想はついている。

「漆瀬さん。前にも言ったけど、あの件また考えてくれない？」

綺麗な顔で微笑まれても、私の心は動かない。

「広報への異動の話は、以前お断りしたはずです」

「やっぱりダメ？　漆瀬さんが来てくれると、俺すごく嬉しいんだけどな〜」

予想通りまた異動の話だった。

一年くらい前。ちょうど、折居さんが広報の部長に就任した頃から、彼は定期的に部署異動の相談を持ちかけてくるようになった。

とはいえ、どんなに部長である折居さんに直々《じきじき》にお願いされてもそれだけは無理なのだ。

「何度も申し上げておりますが、お断りします。私は、総務の仕事が合っているので」

毎度のことながらきっぱり断る。でも、折居さんはこの場から動く気配がない。

「う〜ん……けど、君ならメディアだって喜んで取材してくれると思うんだよね。だからどう？　その美貌を広報で活かしてみない？」

「そんなわけないです。それに私、人前が苦手で機転も利きません。きっと部署の皆さんにご迷惑をかけてしまいます。ですので、何度お話をいただいても、異動はお受けできません。すみません、人を待たせているので」

折居さんが降参、とばかりに両手を挙げた。

その隙に、私は台車ごと彼の横を通り抜ける。

「またね漆瀬さん。今度はもっとゆっくり話そうね」

ひらひらと手を振っている折居さんに軽く会釈《えしゃく》をして、向井さんの待っている備品倉庫へ急いだ。

「向井さんすみません、遅くなりました」

倉庫に入ると、すでに到着していた向井さんが段ボールを開けて中身の確認作業をしていた。

「そんなに急いで来なくてもよかったのに。折居部長、またスカウトに来たの？」

涼しい顔でこう言ってのける向井さんに、私は視線を泳がせる。

「はい、まあ……そんなところです。でも、お断りしましたので」

荷台に乗っている段ボールを開け、納品書と照らし合わせながら中身を検品していく。先に検品を終わらせた向井さんは、すでに段ボールの中身を所定の場所に移動させていた。

「そっか。でも、正直なところ、勿体ないなっていつも思うんだよね」

「えっ!?　なんでです!?」

向井さんの呟きに即反応したら、私の剣幕に向井さんが引いていた。

「え？　いやほらだって、漆瀬さんくらい綺麗な人そうそういないからさ。あ、もちろん表に出ることによって漆瀬さん自身いろいろ大変なことがあるのは分かってるのよ。でもね～、こんな綺麗な人がうちにいるのよ！　ってみんなに自慢したいみたいな感じ？」

くすくす笑う向井さんに、私はため息を零す。

「やめてくださいよ……私、表に出るくらいなら会社を辞めます。それくらい嫌です」

斎賀さんのおかげで、多少意識は変わったものの、長年のコンプレックスや性格はそう簡単には変わらない。どんなにスカウトされようが、私に広報に行く気はなかった。

「そんなあ！　やだ、冗談よ!!　本気にしないで～」

本気で悲しんでくれる向井さんが可愛くて、つい笑ってしまう。でも、今彼女に言ったことは嘘じゃない。無理矢理表に出されるくらいなら、この会社を去ることを考える。

「してませんよ。何度折居さんにお願いされても、それだけは嫌ですから」

「でも折居さんって、そのためだけに漆瀬さんのところへ来てるのかな？　もしかして、折居さんもこっそり漆瀬さんに気があったりして」

彼女の呟きに、思わず検品の手を止めた。

「そんなことあるわけないじゃないですか」

「いやだって、折居さん独身だし、彼女がいるっていう噂も聞かないよ？　あ、でもいろんな女の子と食事に行ってるっていう話は聞くか……」

向井さんがしまった、という顔をする。それを見てまた笑ってしまった。

「あくまでも人員の補充目的だと思いますよ」

折居さんに初めて声をかけられた時は、上松さんと同様に何を考えているのか分からなくて苦手だった。でも、何度か接しているうちに、彼が本当に広報の部長として私に接しているのだと伝わってきた。それは、表情だったり雰囲気だったり、これ、とはっきり言えない曖昧《あいまい》なもので説明するのは難しいのだが、不思議と分かるのだ。

きっぱり断言したら、向井さんが苦笑いする。

「そうかー。まあ、折居さんがって言うんじゃないけど、悪い男には引っかかってほしくないしねえ……でも私、本当に漆瀬さんには幸せになってほしいのよ。誰かいい人が現れるといいなって、いつも思ってるの」

向井さんの言葉に、何故か私の頭の中に斎賀さんの姿が浮かんだ。

——え。なんで斎賀さんが……!?

どういうわけか胸がドキドキしてくる。

なんで彼の姿が思い浮かんだのか、自分でもよく分からなかった。

それから数日後。

私と諫山さんは、部署内にあるミーティングルームに呼び出された。

私達を呼び出したのは、姉崎《あねざき》取締役営業本部長。五十代後半の姉崎さんは長身に整った顔立ちが印象的で、若い頃は相当女性からの人気が高かったと聞いたことがある。

姉崎さんは非常にクレバーな方で、社員の間では次期副社長就任を噂されている人物だ。年齢を重ねてもスマートで、スーツを着ている姿は紳士服のモデルのよう。その若々しい外見からは、とてもあと数年で還暦になるとは想像できない。

そんな姉崎さんから勤務中に呼び出されるなど珍しい。私も諫山さんも、何事かと緊張の面持《おもも》ちで姉崎さんの向かいに座った。

「もうじき菊池《きくち》常務が勇退されるのは知ってるね?」

「はい」

先に諫山さんが返事をしたので、私も続いて「はい」と返事をした。菊池常務というのは我が社の経営陣の一人で、先日体力の衰《おとろ》えを理由に勇退されることが発表された。

「菊池常務はこの会社に長く勤務し、会社に貢献した功労者だ。そこで大々的に送別会を行うことになったのだが、さすがに社員全員を参加させるのは無理だ。そこで、役職に就いている者と、それぞれの部署を代表して二人、送別会に参加してもらいたい。総務の代表は君達になった」

「はい、承知いたしました」

諫山さんがはきはきと返事をする。それを見ていた私も、同じように承知しましたと頷く。

「総務の君達には、会場の準備もあるから大変だろうけど、よろしく頼みます。じゃ、話はこれで終わり。戻っていいよ」

諫山さんが席を立つのを見て、私も同じように席を立ち、ミーティングルームから出ようとした。

「漆瀬、ちょっと」

部屋の外へ出ようとしたちょうどその時、背後から声がかかった。

「はい」

姉崎さんが立ち上がり、私の横に立つ。

「菊池常務から伝言だ。当日、菊池常務の息子さんが出席するので、そのつもりでいてくれと」

「……息子さんって、あの……」

「そう。お前さんが一度見合いをお断りしたあの息子さんだ」

「いや、あの……困ります。そういうことなら私、出席を辞退させてください」

実は以前、姉崎さん経由で菊池常務の息子さんとの縁談をいただいたことがある。

しかし、そもそもその息子さんと私では年齢差がかなりある上に、相手はバツイチで中学生の子供までいるという。さすがに結婚は考えられませんと、その場でお断りした経緯があった。

姉崎さんとは、その頃から社内でばったり会えば話す程度の関係が続いている。

私の父と年齢が近いこともあるけれど、悩みなどを打ち明けやすいし親身になって聞いてくれるので、上司と部下という関係を飛び越えて、人としてとても信頼している方だ。

「私も漆瀬との縁談はもう望みが薄い、と申し上げたんだがね。どうにも息子さんがお前さんに会いたいって強く頼み込んできたらしくて、押し切られてしまった。ここは一つ、常務の息子さんに直接会って、お前さんの口からはっきりと断ってやってくれ」

「……断っちゃっていいんですか？」

断るな、と言われるかと思ってヒヤヒヤしていた身としては、意外だった。

「いいさ。菊池常務はもうこの会社から去るんだ。それに、常務の息子さんはうちの会社とは何も関係ないからな。とにかくお前さんは、相手が一縷《いちる》の望みすら抱けないほどきっぱり断れ。俺も協力してやる」

姉崎さんが腕を組みながら、ミーティングルームの壁に凭《もた》れる。

その姿からは大人の男の色気が漂《ただよ》い、年齢を重ねたとはいえこの人が相当モテたのが納得できた。

この様子だといまだにモテているんじゃないかな。

「協力すると言っても……息子さんに会って普通にお断りすればいいだけですよね？」

「そうだけど、断る理由が必要だろ？　付き合っている奴がいるとか。相手を連れて行けばよりいっそう効果的なんだが。ああ、そういえばお前、最近企画開発部の上松に告られたらしいな。あいつなら恋人役を喜んで引き受けてくれるんじゃないか」

まさかここで上松さんの名前が出てくるとは思わなかった。

「とんでもないです。断ったのにそんなこと頼めるわけないじゃないですか……」

小声で反論すると、姉崎さんがふーん、と眉を下げた。

「じゃあ、他にいないのか？　恋人役を頼めそうな奴」

「他……ですか」

頭の中に男性社員を思い浮かべる。すると最初に斎賀さんの顔が浮かんできた。

——え、なんで!?　そりゃあ、いろいろ親身になってくれたけど……

「お？　なんだ、誰か適役がいるのか」

様子がおかしい私を見て、姉崎さんがピンときたらしい。

「……い、いません。大丈夫です。困ったら姉崎さんのところへ行きますから」

「俺は彼氏というより父親みたいなもんだからな。相手は納得しないぞ。とにかく当日までに考えておけよ」

「……はい……」

ミーティングルームを出て行く姉崎さんを見つめながら、私は、はあぁ……と、深くため息をついた。

——一難去ってまた一難……

とぼとぼと自分の席に戻ると、諌山さんが私に近づいてきた。

「姉崎さん、あなたになんの用だったの？」

「え、あ……送別会当日のことで、ちょっとした相談みたいなものを受けまして。でも、たいしたことじゃありませんから」

彼女に心配をかけたらいけないと、笑顔で対応した。それを見て、諫山さんの顔が少し緩んだ。

「そう。それならいいんだけど。たぶんあなた、外見で選ばれたようなものなんだから、当日はもうちょっと髪型とか眼鏡をどうにかしてきなさいよ。昔、コンタクトしてた時期あったわよね？」

よく覚えてるな、と驚きつつ頷いた。

「……はい、眼鏡をメンテナンスに出してた時は、コンタクトでした」

「菊池常務に気に入られてるんだから、最後くらい綺麗にしてったら。常務喜ぶわよ。まあ、喜ぶのは常務だけじゃないだろうけど」

最後にしっかり嫌みを残していく。さすが諫山さん。

しかし、今はそれよりも送別会の件だ。

菊池常務とはお見合いの話をもらうまで、話したことすらなかった。でもその一件があって以降、廊下で会えば必ず声をかけてくれて、優しく接してくれた。

そんな常務が会社を勇退されるのなら、きちんと送り出して差し上げたい。

でも、それと見合いは別の話だ。前回お見合いの話をいただいた時も、お断りしたものの、随分息子さんに粘られたと姉崎さんから聞かされた。

その息子さんと実際に会わなくてはいけないだなんて、本当にどうしたらいいのか……

——姉崎さんが言う通り、嘘でも付き合っている人がいる、ということにしておいた方がいいのだろうか。でも、嘘はつきたくないし。

考え込んでいると、不意に斎賀さんの言葉を思い出す。

【何か困ったら遠慮なく相談して】

——斎賀さんに頼んでみる？

いや、斎賀さんは上松さんに関することで何かあれば、と言ったのだ。

お見合いを断るためだけに恋人役をお願いするなんていう、個人的なことを頼むべきじゃない。

やっぱり自分の力だけでどうにかするしかないのだ。

大丈夫。変に構えたりせず、自分の気持ちをはっきり相手に伝えるだけだ。


菊池常務の送別会は、本社で一番大きな会場で行われる。

設営を担当するのは総務部と人事部で、私や向井さんは朝からその対応で大忙しだった。

立食形式なので、料理などは事前にケータリングを予約し、午後三時過ぎから業者さんが会場を出入りし、着々と準備が進められていった。

送別会が始まるのは終業後。夕方六時半からの予定になっている。

設営準備を済ませ、私と諫山さんは一旦更衣室に行って送別会用に用意しておいた服に着替えた。

私は白いブラウスをややハイウエストの黒いフレアパンツにインするスタイル。

カジュアルになりすぎないようにウエストには細いベルトを締め、パンプスもいつもより少しだけヒールの高いものを選んだ。

よしてきた。とロッカーを閉めた私だったが、すぐに諫山さんから声が飛んできた。

「あなたは……私がこの前言ったこと忘れたの？」

何故か腕を組んで仁王立ちする諫山さんに、私は首を傾げた。

「え。いえ……忘れてません。これからお手洗いに行って、コンタクトを入れてきます」

手の中にあるのは使い捨てのコンタクトレンズ。それを諫山さんに見せた。でも、彼女は黙って首を横に振った。

「それだけじゃないわよ、その髪型！　いつもと何も変わらないじゃないの」

「そんなことないです。いつもより、結ぶ位置を高くしてるんですよ」

いつもは襟足《えりあし》で結ぶ髪を、今日は耳と耳を線で結んだ真ん中あたりで一つ結びにした。でも諫山さん的には、それでもダメらしい。

「せめて髪を下ろして、ハーフアップくらいにしなさいよ。せっかくこんなに綺麗な髪なのに」

話しながら私の背後に立った諫山さんが、一つ結びにしていた私の髪をほどいてしまう。

「えっ、ちょっ……諫山さん!?」

「菊池常務があなたを選んだのは、きっとお気に入りだからでしょう？　それなら期待に応《こた》えてあげなさいよ。最後なんだから」

諫山さんが持っていたヘアブラシで私の髪を梳《と》かし始めた。両サイドの髪を少量束にして取ると、それをねじり上げながら後頭部へ持っていき、彼女が持っていたバレッタで留めてくれる。

「き……期待ってなんですか、それ……っていうか諫山さん、なんでこんなことをしてくれるんですか？」

「ん？　ああ、実は私、実家が美容室を営んでいるの。だから綺麗な髪の人を見ると、弄《いじ》りたくて仕方がないのよ。今回漆瀬さんと一緒に送別会に出ることが決まってから、絶対この機会に髪の毛をセットさせてもらおうって思ってたのよね。あなた、いつも同じ髪型なんだもの、勿体ないなってずーっとむずむずしてたのよ」

満足そうにしている諫山さんを見て、ぽかーんとしてしまう。てっきり嫌われていると思っていたので、彼女がそんなことを考えていたなんて思いもしなかった。

「ほら、どう？　こっちの方がいいでしょう？」

適度に緩さを持たせ、いい感じにハーフアップを作り上げてくれた。更衣室の鏡に映る自分が、自分ではないみたいに見える。

「すごい……ありがとうございます、諫山さん」

「いいから、早くコンタクト入れてきなさいよ。早くしないと送別会が始まっちゃうわよ」

「は、はい、行ってきます！」

彼女に促《うなが》される形で慌てて更衣室を飛び出した私は、お手洗いに駆け込み急いでコンタクトレンズを装着した。

――やっぱ慣れないなあ……

鏡に映る自分の顔を見つめ、複雑な気持ちになる。眼鏡をかけていない自分を会社で見るのはすごく久しぶりで、違和感しかない。

しかも癖で、かけていないのに眼鏡の弦《つる》を手で上げそうになってしまう。

気を抜くとまたやりそうだ。

念のためにメイクを軽く直して戻ろうとすると、ちょうどお手洗いに入ってきた女性社員と鉢合わせしてしまった。何度か挨拶《あいさつ》を交わしたことがある、私と年齢の近い他部署の女性だ。

「あ、ごめんなさい」

「いえ、こちらこそ………って、ええ!?　も、もしかして漆瀬さん!?」

咄嗟《とっさ》に謝ったら、相手がビクッとする。何度も顔を合わせているはずなのに、彼女は私を見て幽霊でも見たような顔をする。

「はい、そうですけど……」

「ごっ、ごめんなさい!!　あの……眼鏡してない漆瀬さんを初めて見たから、びっくりしちゃって」

「いえ、いいんです。私も久しぶりにコンタクトを入れたので、慣れなくて」

鏡に視線を戻し、改めて自分の顔を見ているうちに、どんどん不安が押し寄せてくる。

やはり、いつものままでいいんじゃないかという気になってきた。

「変かな……やっぱり眼鏡に戻した方がいいかも……」

不安な気持ちのまま洗面台に置いた眼鏡を取ろうと手を伸ばす。しかし、それを女性社員に止められた。

「全っ然変じゃないです!!　っていうか、すっごい、綺麗……!!　綺麗なのは知ってたけど、やっぱり綺麗……!!」

ぶんぶん小刻みに首を振り、何故か目を輝かせている女性の圧に押されて、思わず「ありがとうございます……」とお礼を言ってしまう。

少しホッとして腕時計に目をやると、思っていた以上に時間が経過していた。送別会が始まるまであまり時間がない。

「あ……じゃあ、失礼します」

小さく手を振る女性社員と別れ、総務に花束を取りに行った。そこでちょうど帰り支度をしていた向井さんと遭遇する。

私の顔を見るや否《いな》や、彼女は目を輝かせて駆け寄ってきた。

「う・る・せ・さあああん!! いい!! いいわよ!! その髪型とっても素敵!!」

あまりやらない髪型に若干の違和感が残っていたのだが、親しい向井さんに褒《ほ》められるとなんだか大丈夫な気がしてくる。

「ありがとうございます、実はこれ、諫山さんがやってくれたんです」

「え。嘘、そうなの？　意外……」

本気で意外だと思っているのが分かるくらい、向井さんがあんぐりと口を開ける。

「ご実家が美容室をされているらしくて。諫山さん、髪の扱いがすごくお上手でした」

「諫山さん、そんな特技を持ってたのね……知らなかったわ……」

向井さんがしみじみと呟いた。

「それじゃあ、私、会場に行きますね。お疲れ様でした」

「うん、頑張ってね！　いろいろ気をつけて！」

「気をつけ……？　はい、頑張ります」

向井さんの言う、いろいろがいまいちよく分からなかったが、それをあまり深く考えることなく、私は送別会の会場へ急ぐのだった。


花束を会場の隅にある給湯室に隠しておき、会場内のテーブルやマイクなどの音響設備を点検した。そうこうしているうちに、仕事を終えた各部署の代表二人と、課長以上の役職の社員が続々と集まり始める。

ケータリング業者と一緒に、会の始まるギリギリまで飲み物や料理の搬入をする。それを無事に終え、業者に挨拶《あいさつ》をして見送ってから会場に入った。

「諫山さん、全て搬入終えました。お茶などの温かいものは、会食が始まってから私がすぐ淹れに行きます」

諫山さんのところに行き、段取りの最終確認をする。すると諫山さんが「ん～」と変な顔をした。

「段取り通りいくかしらねえ。なんか、すでにあなた、かなり注目を浴びてるみたいだし」

「は？」

彼女の視線の先を追ってみると、数人の男性社員の視線が私達に向いていた。でも、私が視線を向けた途端、すっと逸らされる。

「ふふっ。みんな意外と勇気がないわね。もっと堂々と見ればいいのに」

可笑《おか》しそうに笑う諫山さんに、私は少々違和感を抱く。

「あの……諫山さん。いつもとなんだか印象が違いませんか？」

いつもなら、決まってこういう場面になると機嫌が悪くなるのに。

でもそれは、彼女も自覚があったらしく、じろっと睨《にら》まれる。

「それは……普段のあなたが下ばかり向いて、ちっちゃい声で自信なさげにしているのが苛つくからよ。小さく縮こまって存在を消そうとしたって、目立つもんは目立つんだから、もっと堂々としてりゃいいのにって、いつも思ってたわ。そうすりゃ誰も文句なんか言わないのよ。実際あなたは綺麗なんだから」

諫山さんに普段の自分を指摘され、私は目をパチパチさせる。

とにかく目立ちたくない、という思いから無意識のうちにしていたことが、周囲にどんな印象を与えていたのか。それを知らされ、目から鱗《うろこ》が落ちた。

——私って……傍《はた》からはそんな風に見えてたの？

「い、諫山さん……」

「お茶淹れは私がやるわ。あなたはたぶん、それどころじゃなくなるだろうから。あ、花束贈呈はあなたがやるのよ？」

「はい……」

——諫山さんって……もしかしてすごくいい人なのかも？　むしろ、そんないい人を苛つかせていた私の言動の方に問題がある……？

これまで周囲と波風を立てないよう地味に徹していた自分の行動は、間違っていたのだろうか。

――私って……ほんと自分のことばかりで周りが見えてなかったのかも……

斎賀さんや諫山さんに指摘されたのは、今まで自分が見ようとしなかったことだ。

会場内に目を配りながら、私の頭の中はそのことでいっぱいになっていた。


主役の菊池常務、それに姉崎さんや社長、副社長といった役員と役職に就いている社員。加えて常務と付き合いのある取引先の方などがほぼ全て会場に揃ったのを見計らい、送別会が始まった。

送別会の進行をするのは姉崎さん。

営業出身のトークスキルで上手く場を沸かせながら、円滑にプログラムを進めていく手腕は、さすがといった感じだ。

まず主役の菊池常務が「長年お世話になりました」とマイクの前に立つ。メーカーとして大手と言われるまでに成長した我が社の歴史と、ここに至るまでどんなことがあったのか常務の思い出を交ぜながら語られた内容に、この場に集まった社員が皆、静かに耳を傾けた。

常務の挨拶《あいさつ》が終わると花束贈呈となる。私はこそっと花束を取りに行き、舞台の後ろでスタンバイした。

「……です、皆様長い間、本当にありがとうございました」

菊池常務の挨拶《あいさつ》が終わると、姉崎さんの視線がこちらにきた。それを合図と受け取り、私は花束を持って菊池常務へ歩み寄る。

私が花束を持って歩いていると、何故かものすごい視線を感じた。

――うっ……なんか怖い……でも……

怖いけど、さっき諫山さんに言われたことを思い出し、なるべく背中が縮こまらないよう意識しながら、笑顔で常務に花束を差し出した。

「菊池常務、長い間お疲れ様でした」

「おお、漆瀬さん！　どうもありがとう。花も綺麗だが今日の君は一段と綺麗だなあ」

「きょ、恐縮です」

嬉しそうに微笑む常務に花束を手渡すと、すぐに常務が口を開いた。

「漆瀬さん、すまんね。今日、どうしても君に会いたいと言って息子が来ているんだ。せめて会って話だけでも聞いてやってくれないかい。結婚しろとか、そういうことは言わないから」

私と、近くにいる姉崎さんくらいにしか届かない声のボリュームで、常務にお願いされる。

ちらりと姉崎さんを見ると「仕方ない」という感じで肩を竦《すく》めていた。それを見て、私も腹をくくる。

「分かりました。では、後ほど」

「すまんね、よろしく頼む」

最後に常務に頭を下げ、姉崎さんに目配せをしてから舞台を離れた。諫山さんのところへ戻ると、彼女がこそっと私に耳打ちしてくる。

「常務になんか言われてたみたいだけど、何かあった？」

「それが……」

私は、以前縁談を断った菊池常務の息子さんが、この会場に来ていること、その息子さんと一度だけでも会ってほしいと常務にお願いされたことを諫山さんに話した。

「常務の息子さんって、うちの社員じゃないわよね？」

「はい。確か……大手の銀行にお勤めだとか……」

「へえ。どんな人なのかしら、話だけ聞いていればいいお話に聞こえるけど」

「……申し訳ないんですが、年齢もかなり離れていますし、中学生のお子さんもいるそうなので、ちょっと……」

私の態度で彼女は何かを察したらしい。

「ふうん。つまり、無理なのね」

「はい……」

「でも、今日のあなたを見たら、その人、余計火が点《つ》いちゃうんじゃないかしら。マズいわよ」

「お、脅《おど》かさないでくださいよ。あ、そろそろ会食が始まりますね。私、準備してきます」

会場がざわざわし始めたのを見計らい、飲み物の準備を始めた。冷やしておいたソフトドリンクを並べ、各自で自由に飲んでもらう。今は勤務時間外ということもあり、ビールも用意している。もちろんビールサーバーなどはないので、栓《せん》を抜いたビール瓶《びん》を渡し各自でグラスに注《つ》いでもらう。

その間、私はケータリングの料理を取りに来た人達にお皿を渡したり、料理の説明をしたり慌ただしく動いていた。

そんな時、「漆瀬さん」と聞き覚えのある声が背後から聞こえた。この声は折居さんだ。

「はい、お疲れ様で……」

何気なく振り返ったら笑顔の折居さんと、斎賀さんの姿があった。

――ぎゃっ、斎賀さん!!

斎賀さんに会うのは、バスで一緒になったあの時以来だ。

気を抜いていたせいもあるけれど、斎賀さんの顔を見た瞬間、私は思いっきり驚いた顔をしてしまった。

それに、折居さんがいち早く気がつく。

「あれー。なんで斎賀の顔見て驚いてるの？　二人、もしかしてなんかあった？」

私と斎賀さんの顔を見て怪《あや》しむ折居さんに、斎賀さんが至って冷静な声で口を開く。

「何もないですよ。ただ、うちの上松が最近漆瀬さんに迷惑をかけているので、フォローすることはあります」

「ああ、そういやそうらしいな。おたくの上松君、まだ異動したてだっていうのに積極的だよね」

――何もない、かあ……まあ、実際そうなんだけど……

どうしてだろう。斎賀さんの言葉に軽く凹《へこ》んでいる自分がいる。

「まあいいや。漆瀬さん、ソフトドリンクもらえる？　俺冷たい緑茶がいいな」

「はい」

折居さんに言われて、まだ空《あ》いていない二リットルのペットボトルに手を伸ばす。すると横から出てきた手が、取ろうとしたペットボトルを持っていった。

「折居先輩、これくらい自分でやってくださいよ。ほら」

斎賀さんがペットボトルを開けると、空《から》のコップを折居さんに手渡した。

「お、悪いな。そりゃそうだよな。ごめんね、漆瀬さん」

「いえ……斎賀さん、すみません。ありがとうございます」

「いや。こっちは勝手にやるから、漆瀬さんも何か飲んだら？」

「……そう、ですね……ありがとうございます」

いつの間にか、会場内のバタバタも落ち着き、今この場にいるのは私と折居さんと斎賀さん、それと少し離れた場所に諌山さんと別の部署の男性が一人。

この状況なら、少し飲み物を飲む時間くらいはありそうだ。勧められるまま、私も緑茶をコップに注《つ》いで、ひと息入れた。

お茶を一口飲んで、ぼーっとする。

渇《かわ》いていた喉が潤《うるお》い、緊張で固まっていた体が少しだけ癒《い》やされた。

「それにしても、さすがだなあ、漆瀬さん」

「何がですか？」

折居さんに話しかけられて、なんのことかと首をひねる。彼は私を見て、にこにこと微笑んでいた。

「何って今日の外見に決まってるじゃない。やっぱり、ちょっといつもと変えるだけでも違うよなあ。漆瀬さん、めちゃめちゃ綺麗じゃん」

「えっ……」

褒《ほ》められるのはいいことだ。だけど、普段言われ慣れていないせいか、逆にどう返事をしたらいいのかが分からなくなる。

「あっ、あの……」

「漆瀬さんの髪を結ったのは、私です」

しどろもどろになる私の横に、さっと諫山さんが来てくれた。彼女の言葉に、折居さんが「へえ！」と目を輝かせる。

「君がやったの！　上手いもんだねえ。適度にラフなのがまたいいね」

折居さんが私の背後に回り込んできた。それに合わせて、諫山さんも私の後ろに移動する。

「ええ、彼女の髪質だと、きっちり纏《まと》めるよりもふわっとした感じの方が映えると思いまして。漆瀬さんはこういった髪型がよく似合うと常々思っていたんですよ」

「なるほどねえ……参考になるな」

折居さんが興味深そうに諫山さんの話に何度も頷いている。

――なんだかこの二人、気が合っているみたい。

二人がそのまま後ろで会話を始めたため、自然に私と斎賀さんという状況になった。

ずっと無言でいるのも落ち着かなくて、横にいる斎賀さんにチラッと視線を送る。

今日の斎賀さんもいつもと変わらずイケメンだが、普段より髪の整え方がきっちりしていて、スーツも三つ揃いだ。パリッとした雰囲気と相まってイケメンぶりがアップしている。

「斎賀さん……今日はなんか……いつもと違いますね」

驚いてつい思っていることを口にしたら、斎賀さんが自分の姿をまじまじと見下ろした。

「ん？　ああ、あまりだらしない格好で送別会に出るわけにもいかないんでね」

「そ、そうですよね……私も、今日は格好に気を遣いました」

二人でクスッと笑い合った後、無言になる。

斎賀さんと二人でいると、外で偶然会った時のことを思い出す。それと、この前私を慰《なぐさ》めてくれた時のことも。

「……あの、斎賀さん。この前はご意見をありがとうございました」

あの時は動揺するばかりで何も言えなかったので、ずっと言おうと思っていたお礼を口にした。

急にお礼を言われた斎賀さんは、驚いたように私を見る。

「斎賀さんに言われてから、少しだけ意識が変わりました。と言ってもほんの少しですが……でも、短所を長所に変えていけるように、努力したいと思います……」

黙って私の話を聞いてくれていた斎賀さんが、静かに口を開いた。

「そうか」

そう言ったきり斎賀さんが無言になってしまったので、私も黙ったままお茶を飲む。

自分なりに考えていたことを伝えられて、気持ちが少しだけすっきりした。だからだろうか、無言でお茶を飲んでいるだけなのに、無理矢理しゃべろうとして焦ったり、気まずくなったりはしなかった。

それにしても、何故、こんなにも居心地がいいのだろう。

理由を考えていた時、「漆瀬さん」と声をかけられた。

その声の主はすぐ分かる。本日の主役である菊池常務だ。常務がこちらに向かってきたことで、斎賀さんも、少し離れた場所にいた折居さんと諌山さんも、それぞれ手を止め常務に向き直った。

「ああ、いい、いい。みんな好きにやっててくれていいから」

気を遣わなくていいよ、と手でアピールしながら、常務が私の前に立った。

「漆瀬さん、さっきの件だけど、今ちょっといいかな。おい、達郎《たつろう》」

さっきの件、と言われてハッとする。

——そうだ、花束を渡した時に、息子さんと話をしてくれと頼まれたんだった。

和《なご》やかなムードにすっかり気が緩んでいたところ、一気に緊張が私を襲う。

そんな私の前に、達郎と呼ばれた菊池常務の息子さんが姿を現した。

スーツ姿の彼の身長は、私と同じくらいなので、おそらく百七十センチちょっと。黒いフレームの眼鏡をかけ、髪型は坊主に近い超短髪で大人しそうな顔立ちをしている。よく見ると、菊池常務に似ているかもしれない。

菊池達郎氏は、私と目が合った瞬間、分かりやすく頬を緩めた。

「う、漆瀬さんですか!! は……初めまして、菊池達郎といいます」

「は……初めまして、漆瀬珠海です」

勢いよく会釈《えしゃく》してくる達郎氏に釣られるように、私も深々と頭を下げる。

挨拶《あいさつ》だけで済むかなと期待したけれど、やはりそうはいかなかった。ちょっとこっちへ来てくれと常務に誘導される格好で、私と達郎氏は会場の外へ連れ出される。

移動している間、主役の常務が一緒ということもあり、私達はすごく周囲の目を引いていた。

不安な気持ちのまま会場を出た廊下で、常務が私の背中をポンポンと叩く。

「じゃ、後は二人でな。私は向こうにいるから、何かあれば声をかけてくれ」

私と息子さんを二人にしただけで、菊池常務はあっさりと会場に戻ってしまった。

――ええっ、も、もう行ってしまうのですか……？

もうちょっと間に入って会話を回してくれてもいいのに、なんで？　と不安になる。

常務が立ち去ったことで、周囲には会場から出て休んでいる社員が数人いるだけで、基本的には私と達郎氏の二人きりになる。

つまり、私と達郎氏の会話を聞いている人は誰もいない、という状況になってしまったのだ。

「漆瀬さん、すみません、突然。こんな風に、いきなり紹介されても困りますよね」

申し訳なさそうに笑う達郎氏に、「いえ、そんなことは」と返す。

「以前も、しつこく縁談をお願いしてしまって、きっといい印象は持たれていないだろうと分かってはいたんです。でも、父が会社を離れたら、完全に漆瀬さんとのご縁がなくなってしまうと思ったら、最後に一度だけでもお会いしたかったんです」

「きょ……恐縮です……」

——そんな……最後の機会みたいに言われても……どう反応すればいいのか……

きっと今、私、ものすごく困ったような顔をしていると思う。だけど、達郎氏はそれに気づいているのかいないのか、喋《しゃべ》るのをやめる気配はなかった。

「以前お写真で拝見した時も、綺麗な方だと思ったのですが、やはり実際にお目にかかると違いますね。ものすごくお綺麗で驚きました。漆瀬さんは、ずっとこちらに勤務されているんですか？」

「あ……はい、そうです」

容姿についての話が終了したことにホッとし、普通に返事をした。二人きりの会話がなんだか落ち着かなくて、何気なく周囲を見回したら、数人の社員がこちらを見ているのに気がついた。

——うっ、なんか見られてる。嫌だな、常務の息子さんと話していたなんて広まったら、また何を言われるか分かったもんじゃない……

話の最中だけど、別のことで頭がいっぱいになってきた。そんな私に、達郎氏がいきなり爆弾を落としてくる。

「あの、唐突ですが、私と結婚して、専業主婦になるというお気持ちはありませんか」

「……はあっ!?」

やや大きめの声が出てしまい、慌てて口を手で押さえた。会場の入り口付近で電話をしている人や、数人で集まって話をしていた人達の視線が、一斉にこちらへ向かう。

——ちょ……!!　いきなりなんてことを言い出すの、この人っ！

「あの、すみません。ちょっと仰《おっしゃ》っていることの意味が、よく……」

「今申し上げた通りです。私は、ずっと再婚するならあなたのような方がいいと思っていました」

——これは……とてもマズい気がします。

不安を感じ、咄嗟《とっさ》に数歩後ずさり会場内の諌山さんを捜す。思いのほか近くにいた彼女は、私の表情から何かを察し、口元を隠しながら隣の折居さんに話しかけていた。するとそれまで笑顔だった折居さんの顔が真顔になり、さっと諌山さんの隣を離れていく。

何かあったら声をかけてくれと言った常務は、別の場所で談笑中だし、姉崎さんも姿が見えない。かといってこのままというわけにもいかないだろう。

そもそも、私には、この人と結婚する気がまったくないのだ。

「……申し訳ありません!! お気持ちは嬉しいのですが、それにお応《こた》えすることはできません！」

意を決して、はっきりと断って頭を下げる。そのまま頭を下げ続けているけれど、目の前の達郎氏からは何も反応が返ってこない。

恐る恐る顔を上げると、達郎氏は何か言いたそうな表情で私を見下ろしていた。

「まあ、そうなるとは思っていました……。でも、最後に一つ、どうして私と結婚できないのか、その理由を教えていただけませんか。それに納得できないと、いつまでもあなたを諦めることができそうになくて」

「えっ」

——理由……ですか……

そういえば、姉崎さんに一縷《いちる》の望みも抱けないほど、きっぱり断れ、と言われたのを思い出した。

「す……好きな人が、おります」

今の自分にはこれしか理由が浮かばなかった。

「そうか……まあ、そうですよね、好きな人くらいいますよね。それって婚約者とかですか？　付き合っている人、いそうですもんね。以前はいないと伺《うかが》っていたので、もしかしたら、まだそのまかな……なんて期待していた私がいけないんですが」

ははは……と恥ずかしそうに笑う達郎氏。どうやら彼氏がいると勘違いしているようだ。

「いいえ、お付き合いはしていないんですけど……」

つい罪悪感から本音を零したら、達郎氏が目を大きく見開き、声を上げた。

「ええっ⁉　漆瀬さんが片思い⁉」

「ちょっ……ちょっと‼　やめてください‼」

突然大きな声を出され、会場の外にいるとはいえ焦る。パッと会場を見ると、さっきより多くの社員がこっちを見ていた。

達郎氏もさすがにハッとして、周囲の様子に気づいたようだった。

「あ……も、申し訳ありません……まさか漆瀬さんが片思いなど考えもしなかったので……」

「どういう意味ですか……」

――といっても事実じゃないけど。でも、そういうことにしておいた方がよさそうだ……

姉崎さんのアドバイスじゃないけど、これだけ言えば達郎氏も納得してくれるだろう。そう思った私に、彼がダメ押しの一撃を食らわす。

「あの。よろしければそのお相手がどんな方なのか教えていただけませんか。その上で、私はその方と比べてどの点で劣っているのかを教えていただきたいのです。……ずっと漆瀬さんを想ってきた身としては、そうでもしないと納得がいきません」

開いた口が塞がらないとは、まさにこのこと。

はっきり断っているのに、なんで他人と比べる必要があるのか。意味が分からなかった。

相手が上松さんだったら「何を考えてるんですか、ふざけないでください」と、突っぱねることもできる。でも、常務の息子さんにそんなこと言えるわけがない。

「そんな……納得いかないと言われましても……」

周囲をチラチラ気にしながら、みんなが見てるよ、とアピールする。だけど、残念なことに達郎氏は気がついてくれない。

「お願いします。ここで教えていただけないのなら、また別の席を設《もう》けて改めてお話をさせていただくことになりますが……」

「そんな……」

――どうしよう……どう説明すれば分かってもらえるんだろう……

しかも、思いっきり周囲の目がこちらに向いている。

気づくと諌山さんと折居さんが近くまで来ていて、心配そうに私達のやりとりを見守っていた。

その隣には姉崎さんがいて、私の表情を見るなり手のひらをこっちに向け、口パクで「待ってろ」

と言い残しその場を離れた。おそらく、常務を呼びに行ってくれたのだろう。

「あの……ですね……」

できることならこの場から逃げ出したい。せっかく少しだけ意識を変えられたと思ったのに、また下を向いて、背中が縮こまりそうになる。

その時、私と達郎氏の間にスッと第三者の体が割り込んできた。

「お話し中のところ申し訳ありません」

間に入ってくれたのは常務でも姉崎さんでもない、まさかの斎賀さんだった。

いきなり第三者である斎賀さんの登場に、達郎氏は明らかに不満そうな顔をする。

「なんですか急に……あなたは……」

達郎氏が斎賀さんの社員証に視線を落とす。

「企画開発部の斎賀と申します。部外者であることは承知しているのですが、少々漆瀬さんの様子が気になったもので」

斎賀さんの顔をじっと見てから、達郎氏が眉をひそめた。そのままこちらに視線を移した達郎氏が、私の顔を見て焦りだす。

「す、すみません。ただ、私は、彼女が私との結婚を考えられない理由を知りたかっただけで……」

達郎氏の言葉に、斎賀さんが私を見る。

「もう一度、理由を説明できますか？」

「……っ、ですから、私には好きな人がいます。なので、菊池さんと結婚はできません」

それを聞いた達郎氏が一瞬言葉に詰まる。

「いっ……いや、だから、その相手と私の、何が違うのかを知りたいわけで……」

オロオロしだす達郎氏に、斎賀さんが真顔で問いかける。

「そんなことを比べてなんの意味がありますか。相手を好きになるのに、明確な理由がない場合などいくらでもあります。そもそも、それを聞くなら、まず菊池さんが漆瀬さんを結婚相手に望む理由はどこか、彼女に説明するのが先じゃないですか」

「え……」

達郎氏の顔には、まさか自分に矛先《ほこさき》が向くとは思っていなかった、と書いてある。

——確かに。会ったこともないのに、なんで私に結婚を申し込んでくるのか。気になると言えば気になるけど。

「それ、私もお聞きしたいです」

思い切って尋ねたら、達郎氏の顔がゆでだこのように赤くなった。

「い……いや、だから、それは……その……ここでは」

「言いにくいですよね。周囲を見てください。これだけ注目されている状況で、彼女にとって極めてプライベートなことを明かす必要がありますか」

感情の籠《こ》もっていない淡々とした口調で、斎賀さんが達郎氏を静かに追い込んでいく。

「えっ？　あ……」

赤い顔のままそれを聞いていた達郎氏が、ハッとした様子で周囲を見回した。

近くにいる社員の目が、ほぼ自分達に向いている。そのことに気づいた途端、彼の顔が赤から血の気が引いたように青くなっていく。

「うわ、申し訳ない……こんなに注目を浴びているとは……う、漆瀬さん、すみませんでした……」

達郎氏が急にあたふたし始める。

その様子を見ていた斎賀さんが、やれやれという感じでため息をついた。それを見た私の体からも強張《こわば》りが解けていく。

「あの……もし改めて別の席を設《もう》けていただいても、お話はできません。申し訳ありません」

お願いだから分かって！　という気持ちを込めて深々と頭を下げた。すると、頭の上から「謝るのはこちらの方です」という声が降ってきた。

「私の方こそ、しつこくして申し訳ありませんでした……この機会を逃したら、きっと今後、あなたと顔を合わせる機会すらない。チャンスは今日だけだと自分に言い聞かせているうちに、ムキになっていたようです……これでは、好きになってもらうどころの話ではありませんね」

本当に申し訳なかった、と達郎氏が頭を下げる。その時、姉崎さんに連れられて、常務がやって来た。常務の顔には、焦りが滲《にじ》んでいる。

「達郎、もういいだろう。あまり漆瀬さんを困らせるんじゃない」

常務に窘《たしな》められ、達郎氏がすまなそうに肩を落とした。

「漆瀬さん、悪かったね。ほら、行くぞ」

常務に促《うなが》されるように達郎氏は私の前から去って行った。彼は去り際、斎賀さんにも軽く頭を下げていく。

それを見送り、姉崎さんが分かりやすく安堵のため息をついた。もちろん私も。

「遅くなってすまなかった。もっと早く常務を連れてくればよかったな」

「いえ、連れてきてくださってありがとうございました。……それに、斎賀さんが間に入ってくださったので……」

おかげで、なんとか無事にお断りすることができた。それを姉崎さんに説明し、私は改めて斎賀さんに頭を下げた。

「斎賀さん、ありがとうございました。本当に助かりました」

「ああ、いや。こちらこそ、いきなり話に割り込んで申し訳なかった」

お礼を言ったのに何故か謝られるという、ちょっと意味が分からない状況に私は慌てて手をぶんぶん振った。

「謝らないでください、本当に困っていたので来てくださってホッとしました」

「いや～、斎賀。かっこよかったね」

ずっと状況を見守ってくれていた折居さんが、斎賀さんの肩をポンと叩く。

「実は、折居さんが教えてくれたんだ。漆瀬さんが大変だって」

「そうなんですか。ありがとうございました」

お礼を言ったら、折居さんがクスッと笑う。

「いや、俺は斎賀に相談して、どういう手段で君を救出するかを練ろうと思ってたんだよ。でも、そんなまどろっこしいことしてる場合かって、斎賀が行動に出たんだよね。いやはや、お見事」

けらけら笑う折居さんに、斎賀さんは呆れ顔だ。

「それにしても、漆瀬さんって好きな人がいるんだ？　まさか君のそんな事情が聞けるとは、思わなかったな」

折居さんがしみじみ呟いたので、私は慌てて訂正した。

「いえ、あれはお断りするための方便といいますか……」

「え。そうなの？　なーんだ」

折居さんと話をしつつ会場に戻るも、私の意識は前を行く斎賀さんに向いていた。

彼は、気遣いと優しさに溢《あふ》れている。でもそれを決してひけらかしたりしない人だ。

私から上松さんを引き離してくれたり慰《なぐさ》めてくれたりしたこと、それに今回も、きっと私が困っているのを見過ごせなかったから。

困っている人がいたら、助ける。それはきっと彼にとって当たり前のことだから、そういったことを自然にできてしまう人なんだと思う。

斎賀さんのことを思うと、何故かきゅうっと胸が締め付けられる。

彼に対する尊敬と感謝の気持ちと共に胸を占めるこの感情は——おそらく愛しい、という気持ち。

それを自覚した瞬間、ものすごい勢いで斎賀さんを意識してしまう。

さっきまで普通でいられたのに、今は近くにいるだけで落ち着かない。

まさか私が、男の人に対してこんな気持ちを抱く日がくるなんて。

生まれて初めての強い感情に、内心で思いっきり動揺していた。

――まずい。やばい。足が震える……

今すぐどこかに掴まりたい。っていうか、このまま平然と斎賀さんの側にいるなんて無理。

初めてのことにテンパり、ヨロヨロとテーブルに掴まろうとした。

そこで突然、諫山さんが「あっ」と声を上げた。

「二番テーブル、ソフトドリンク終わってる。あと、三番テーブルのビールももうないって」

「えっ！」

「ほら、行くわよ！　私は二番に行くから、漆瀬さんは三番に瓶《びん》ビール持っていって」

「は、はい」

非常に気まずいこの状況で、諫山さんからの指示はまさに渡りに船だ。

――ありがとう、諫山さん!!　好き……!!

私と諫山さんは、折居さんと斎賀さんに会釈《えしゃく》をするや否《いな》や、補充用のドリンクが置いてある給湯室に向かって走るのだった。


送別会の後、片付けを終えた私と諫山さん、それから他の設営担当社員が完全に社屋から出たのは、送別会の開始から二時間後だった。

そんなに大量にビールを用意していたわけではないので、酔っ払う社員もおらず、菊池常務の息子さんの一件以外は、特に問題もなく会を終えた。

さっきまでは、突然自覚した恋に動揺していた私だが、仕事に集中するうちにだいぶ冷静になってきた。集中するって大事だ。

私と諌山さんは、駅からタクシーで帰宅することにした。

「それにしても、びっくりしたわ。美人は得なことしかないと思ってたけど、そうでもないのね」

駅に向かう途中、諌山さんにしみじみと言われた。何が、とは明言していないものの、どう考えても菊池さんのことだろう。

「私、初めてあなたが不憫《ふびん》だと思ったわ」

不憫《ふびん》、という言葉が矢のようにグサッと私に刺さる。でも、意外でもなんでもない。人には言えないけど、これまで本当にこの顔でいいことなんてなかった。

「……ずっとこんな感じです……」

がっくりと肩を落とす。そんな私に、諌山さんが興味津々《きょうみしんしん》とばかりに尋ねてくる。

「これまでストーカー被害とかは？　ありそうじゃない？」

「いえ、それはないです。ただ、何回か、しつこくされたことはありますけど……」

あれは大学生の頃だったか。カフェでバイトをしていたら何回か出待ちされていたことはあった。告白されて断って、出待ちされている状況を店長に話したら、次の日からホールではなくキッチン担当になり、友人達が送り迎えまでしてくれた。

「そう。大事にならなくてよかったわね。あなたって結構周りに恵まれているのかもね」

確かにその通りだ。私は、いつもいろんな人に助けられている。

「そうですね、本当に……」

「斎賀さんとかね」

諫山さんに名前を出され、ドキッと胸が跳ねた。

今の今まで忘れていた感情が呼び戻され、感情が大きく揺れ動く。

「は……はい、斎賀さんにも感謝してます。このところ助けてもらってばかりなので……」

動揺して目が泳ぐ。諫山さんに見られていないだろうかと、そればかりが頭を占めた。

「あー、上松さんの件とか？　本当ね。なんか最近、漆瀬さんと斎賀さんには縁があるわよね。もしかして漆瀬さんの好きな人って、斎賀さんだったりして」

「えっ!?」

思わず声が出た。そのまま諫山さんを見ると、こちらを見た彼女の目がキラリと光ったような気がした。

「ほう……分かりやすい……」

諫山さんがニヤニヤしている。

「やっ、いや、あの、私……」

さすがに全肯定はできない。かといってどう誤魔化せばいいのか分からなくて、一人であわあわしていると、諫山さんが苦笑いした。

「あー、いい、いい、誤魔化さなくても。別に人に話したりしないわよ。いいんじゃない、斎賀さんいい人だし。今日のアレは、誰が見ても格好よかったしね」

「そう、ですよね……」

「うん。あれは惚れる。まあ、漆瀬さんの場合は、今日の一件だけじゃないんだろうけど。困っている時に助けてくれる人は貴重よ」

「……惚れた……のかな。正直、こんな気持ちになるの生まれて初めてで、よく分からないんです。どうしたらいいんでしょう……」

「え？　初めて？　漆瀬さんまさか初恋……」

驚く諫山さんに、慌てて違うと手を振る。

「初恋じゃないです。けど、付き合いたいとか結婚したいみたいに、斎賀さんと具体的にどうなりたいっていう感じじゃないんです。ただ、素敵な人だなって思っているだけで……」

「いや、それ完全に恋でしょ」

ばっさり言われて、やっぱりそうなのかと俯《うつむ》いた。

「はー、何。まさか社内一の美女の恋愛スキルが、そんなレベルなの？　私、最初にあなたを見た時は、てっきり何人もの男を渡り歩いてきた猛者《もさ》なのかと思ってたわ」

何人もの男を渡り歩いてきた猛者《もさ》、という言葉に引く。私に限って、そんなことあるわけないと、なんだか笑いが込み上げてきた。

「そんなわけないです。私、恋愛に関しては小学生で止まってますから」

「みたいね。いやはやびっくり……つーか、逆に心配になってきたわ」

「すみません……」

謝りながら、諫山さんとこんな話をしている自分を意外に感じた。人というのは、本当に付き合ってみないと分からないものなのだな、と思った。

急行も停車する規模の最寄り駅は、仕事を終え帰宅する人達で賑《にぎ》わっていた。タクシー乗り場を目指して歩いていると、前方にうちの社員の姿を見つけた。その中に、折居さんと斎賀さんの姿もある。

「斎賀さんがいるわね」

諫山さんにけろりと言われて、思わず彼女の肩を掴んだ。

「……諫山さん……！」

やめて、言わないで、という気持ちを込めて彼女と目を合わせた。

彼女は、そんな私の顔を見るなり、ブッ！　と噴き出す。

「……ちょっと。なんて顔してるのよ、それこそ美人が台無しよ。……分かってるわよ、本人にはバレないようにするから」

「本当にお願いしますよ……」

大丈夫だろうか。いきなり私の気持ちをバラされたりしないだろうか。

「任せて、任せて。……あ、いいこと思いついた。お詫びに協力してあげるわ」

そう言うなり、諫山さんが話をしている斎賀さん達のところへ向かっていく。

「え、協力って……諫山さん？」

何をするおつもりですか？　変なことはしないでくださいよ……と彼女の背中に訴えながら後をついて行く。諫山さんは斎賀さんと折居さんに歩み寄ると「お疲れ様です」と声をかけた。

「お二人ともタクシーで帰られます？」

諫山さんが斎賀さんと折居さんに声をかけたあたりで、追いついた私も二人にお疲れ様です、と会釈《えしゃく》した。諫山さんの問いにすぐ反応したのは折居さんだった。

「うん。お二人も？」

諫山さんと私に視線を送りながら、折居さんが頷く。するとすかさず諫山さんが一歩前に出た。

「以前同じ電車に乗り合わせたことがあったのを思い出して……確か折居さん、〇〇方面でしたよね？　よかったらタクシーご一緒しません？」

「おー、いいよ。諫山さん、方向一緒だったんだ」

あっさり承諾してくれた折居さんに、諫山さんがニコッとした。

「ちなみに斎賀さんは？」

「〇〇町です」

急に話を振られた斎賀さんだったが、表情一つ変えずにそう答えた。

「ああ、じゃあ漆瀬さんと同じ方向ですね。時間も遅いので、よかったら彼女をお願いしてもいいですか？」

一言の相談もなく、いきなり斎賀さんに私を頼む諫山さんにギョッとする。

「ちょ、いさ……」

「いいよ」

諫山さんを止めようとしたら、斎賀さんからまさかの了承。諫山さんの方を向いていた私は、反射的に斎賀さんを見る。

「さっ、斎賀さん⁉」

「方向が一緒だし、こちらは問題ないけど」

逆に何故驚く？　と不思議そうな顔をされてしまう。そんな反応をされると、動揺している私の方が間違っているような気になった。

ぐっと黙り込む私に、四人それぞれの顔を見た折居さんが、パチンと手を叩いた。

「よし、じゃ二手に分かれて帰ろう。漆瀬さんと斎賀お疲れ様～」

ちょうどタクシー待ちの人が誰もいなかったこともあり、折居さんは諫山さんと一緒にさっさとタクシーに乗ってしまった。乗る間際、諫山さんが私に目配せしながら小さく手を振る。

それはまるで、私に頑張れ。と言っているようだった。

――い、諫山さあん……嬉しいけど、困ります……!!

彼女と折居さんが乗っていったタクシーを見送りながら呆然としていると、すぐに「漆瀬さん」と声をかけられた。

「行くよ」

私と斎賀さんの前に停まったタクシーが、後部座席のドアを開けて待っている。私は斎賀さんに促《うなが》されながら彼に続いてタクシーに乗り込んだ。

先に降りる私から行き先を運転手さんに告げた。その後、斎賀さんが自分の行き先を運転手さんに説明していたが、本当に私の実家から近い場所に住んでいて驚いた。

「本当に近かったんですね」

何気なく口にすると、斎賀さんが変な顔をする。

「本当にって、信じてなかったの」

「あっ、いえ、そういうわけじゃなくて……方向は一緒だけど、家はそこまで近くないって勝手に思い込んでたもので……すみません……」

慌てて説明したら、斎賀さんの頬がわずかに緩む。

「謝らなくていいのに」

「すみません……あ」

クスクス笑われて、カーッと顔が熱くなる。斎賀さんのことが好きだと自覚したせいもあり、今の私は彼の前だと冷静になれないようだ。

――恥ずかしい……

彼と一緒にいられるのは嬉しい。でも、意識すればするほど、どう振る舞えばいいのか分からなくなる。

私が緊張して黙っていると、斎賀さんから話しかけてきた。

「送別会、お疲れ様」

「……ありがとうございます。斎賀さんもお疲れ様でした。あと今日は、本当にありがとうございました」

頭の中に浮かんだのは、菊池達郎さんとの間に斎賀さんが割って入ってくれた時のこと。仲裁に入るなんて、普通に考えれば面倒だし勇気が要ることだ。斎賀さんの方こそお疲れ様だと思う。

「いや。それよりも、菊池さんが以前は……と言っていたのが聞こえたけど、もしかして前にもああいうことがあったの？」

斎賀さんが私と達郎氏の会話の内容を聞いていたことに、少し驚いた。

「あ、実は以前、姉崎取締役経由で菊池さんとの縁談をいただいたことがありまして」

前髪に手を持っていこうとしていた斎賀さんの手が、空中で止まる。

「……は？　縁談？」

「はい。でもその時は、直接会ってはいないんです。姉崎取締役が間に入ってくれたので、私の返事をお伝えしてお断りしてもらったんです。だから今回、もう一度会いたいと言われて……正直驚いたのですが」

「そう……」

斎賀さんが腕を組みながら座席の背に凭《もた》れる。その姿に、彼が何を考えているのか不安になってきた。

上松さんといい菊池さんといい、斎賀さんが私と関わるのは色恋沙汰の時ばかりだ。もしかしたら、トラブルを起こす私を面倒に思っているかもしれない。

――せっかくアドバイスしてくれたのに、その後すぐまたこんなことになってしまって……考えれば考えるほど、迷惑をかけてしまったことを申し訳なく思う。

「……斎賀さんには、お恥ずかしいところばかりお見せしてて、すみません……」

太ももの上でぎゅっと拳《こぶし》を握り、声を絞り出す。がしかし、すぐに首を横に振られた。

「大変だったのは漆瀬さんでしょう」

「でも……」

「気にしなくていい」

柔らかい口調で、私が気に病《や》まないよう気遣ってくれる。そんな斎賀さんに対し、好きだという気持ちが溢《あふ》れ出して止まらなくなる。

――どうしよう……私、本当にこの人が好きだ……

私はぎゅっと目を瞑《つぶ》り、ゆっくり呼吸をしながら溢《あふ》れる感情を鎮《しず》める。

「……漆瀬さん？　もしかして酔った？」

私が変に深呼吸などを繰り返していたせいか、斎賀さんに誤解を与えてしまった。軽く眉根を寄せて私を見る斎賀さんに、急いで小さく首を横に振る。

「ち、違います。大丈夫です、なんともありません……」

「そう」

――変に誤解を与えかねない動きは、やめておこう……

私は内心の動揺を隠して、窓の外に顔を向けた。

タクシーは順調に進み、想定していたよりも早く家の近くに到着した。私の家がある辺りは道が狭いので、タクシーで家の前まで行くのは難しい。私は運転手さんに声をかけて、家から近い二車線の道路沿いに車を停めてもらった。

ここまでの代金を支払おうとしたら斎賀さんに拒否されてしまい、恐縮しつつお礼を言って財布をしまう。

「ありがとうございました、今日はお疲れ様でした」

タクシーを降り、斎賀さんを見送ろうとしたら、何故か斎賀さんもタクシーを降りてくる。

「すぐに戻るんで、少しだけ待っててもらっていいですか」

彼が運転手さんに声をかけるのを、不思議に思っていると、斎賀さんが私に歩み寄ってきた。

「家の前まで送るよ」

――はっ。家の前まで⁉

「え⁉　だ、大丈夫です、本当にすぐなので……」

「いいから。ほら、家はどこ？」

有無を言わせぬ斎賀さんの圧に負け、私は家のある辺りを指さした。

「そ、そこです……」

「行こう」

本当にすぐそこなのに、何故か私は斎賀さんに先導される形で歩く。なんか変だ……と思っているうちに、家の前に到着した。

「こんなところまですみません！　ありがとうございました」

私が恐縮しまくっていると、斎賀さんがクスッとした。

「いえ。一応夜遅いんで、家の前まではね。何があるか分かんないんで」

――あ……

そんなことまで考えてくれていたのか。ほんと、斎賀さんって……どこまで優しいんだろう。

この人が好き。

私の中にある斎賀さんへの気持ちが、少しだけ容量をオーバーした。

「……っ」

「ん？」

いつもと変わらぬ無表情で、斎賀さんが私と目線を合わせた。


「私、斎賀さんが好きです」


この場だけ時が止まったように、私も斎賀さんもお互いの顔を見つめたまま動かなかった。

だけどその数秒後。私は、自分がしでかしてしまったことに気づいて一気に青ざめる。

――あ……私、今、何を……言って……

勢いで告白をしてしまったことに、今更ながらに震えがくる。しかも、いまだ何も言葉を発しない斎賀さんに、不安が増す。

「それは……」

斎賀さんがついに口を開いた。

「人として？　それとも、異性として？」

ここでそういう返しがくるとは思わなかった。数秒悩んだけど、どっちも間違っていない。

「ど、どっちもです」

斎賀さんの視線が小さく揺らぐ。

「人として好き、と言ってもらえるのは嬉しい。でも、異性としては……困る」

その答えに、私はポカンとする。

――困る。困るって、どういう意味だろう？

「あ、あの、それは、つまり……」

明確な答えを求めて斎賀さんを見ると、彼の表情は苦悶《くもん》に満ちていた。

「……申し訳ない。俺では君の恋人にはなれない」

「……あ……」

「タクシーを待たせているから……じゃ、おやすみ」

斎賀さんは私から視線を逸らすと、そのまま元来た道を歩いていった。私はその背中を見つめながら、ようやく声を絞り出すことができた。

「おやすみなさい……」

【君の恋人にはなれない】

耳に、斎賀さんに言われた言葉が蘇《よみがえ》る。

――えっ……と……つまり私、振られたんだよね……

恋を自覚して告白したら、あっさり振られた。

振られたことを頭が理解した途端、その場に崩れ落ちそうになる。

――そっか……

漆瀬珠海、二十八歳。人生初の失恋だった。

四

斎賀さんに告白して振られたのは金曜の夜。

そして月曜日を迎えた今日。私は、社会人になって初めて、出社拒否をしたくなった。

――本気で会社に行きたくない……

もちろんその理由は、斎賀さんに振られたからだ。正直、こんなに失恋が辛いものだなんて知らなかった。初恋の男の子に容姿を弄《いじ》られた時もショックだったけど、今回はダメージの大きさが全然違う。

――落ち込んでるし、人生で一番どん底にいると思うけど、欠勤の理由にはならないよね。

私は無理矢理ベッドから起き上がり、いつも通りに支度を済ませた。

送別会の時に褒《ほ》められて、これからは変えてみようと思った髪型も、いつものようにひっつめの一つ結び。眼鏡も復活した。

この姿で鏡を見ると、あの日の自分が夢だったように思う。

今の私は、全てがどうでもいいことだった。

でもこれは、決して斎賀さんに振られたからだけで思うわけじゃない。

初めて振られたことで、私は自分が今まで何も考えずにお断りしてきた人達の気持ちも知ることになった。だからこその自己嫌悪。

自分は相手にこんな辛い思いをさせていたんだ。そう思ったら申し訳なくて更に凹《へこ》んだ。それこそ、告白してくれた人達に謝罪して回りたいくらいだった。

でも、それはそれ。やっぱり斎賀さんと顔を合わせたくない。

「……会社、行きたくないな」

――だって、どんな顔をして会えばいいのか分からない……

一向に行く気がおきないので、どうしても動きが鈍くなる。そんな私を祖母が一喝《いっかつ》する。

「こら、背中が丸まってる！　もっとしゃんとしないとみっともないわよ！」

「はあい……行ってきます……」

結局私は、沈んだ気持ちを立て直せないまま家を出た。

会社に向かう途中も、背中に重りが乗っかったように足が重い。

金曜の夜に振られて、土曜日曜と二日間、これでもかというくらい落ち込んだというのに、いまだ少しも気分が浮上する兆《きざ》しがない。

こんなに辛いなら、告白なんかしなければよかった。

振られたって、変わらず明日はやってくるし仕事はしないといけない。どんなに辛くたって、これまで通りの生活をするしかないのだ。

悩んでいるうちに会社に到着した。ぞろぞろと社員が吸い込まれていく社屋へと向かう。そういえば斎賀さんと初めて会話したのは、朝だったと思い出した。

はあぁ……と重苦しい息を吐き出しながらゲートを通過し、エレベーターホールに向かう。

ぼんやりと、明かりが点《とも》るエレベーターの階数を見つめていたら、あの人に声をかけられた。

「漆瀬さん、おはようございます」

振り返ると、そこには上松さんが立っていた。

「おはようございます……」

このところいろいろあったせいか、彼に会うのは随分久しぶりのような気がする。

「先日の送別会、漆瀬さん出席されたんですね。参加した同じ部署の同僚から聞きましたよ、漆瀬さんすごく綺麗だったたって。いいなあ、俺も参加したかったです」

私の隣に立った途端、これまでのことなど何もなかったように、上松さんが明るく喋《しゃべ》りだす。

——なんか……最初に会った頃の上松さんに戻っているような……

不安になっていると、そんな私の心境を見抜いたのか。上松さんが、ははっと笑った。

「そんなにおびえないでくださいよ。心配しなくても、もうあんなひどいことは言いませんから。

僕は漆瀬さんと、友達みたいに普通に会話できる仲になれたらいいなって思ってるんですよ」

「……そうなんですか？」

「ええ。漆瀬さんの側にいられる方法を考えたら、こうするのが一番だと気づいたので。これなら問題ないですよね？」

そう言われて、私は心の中で首を傾げる。

付き合ってくれと言われるより、私も友達の方がいい。

同時に、そうやってすぐに気持ちを切り替えることができる上松さんを、純粋にすごいと思った。

「上松さんって……私が思っていたよりもすごい人なんですね」

斎賀さんに振られた私は、上松さんのようにすぐに気持ちを切り替えることなんかできない。

思わず本音を漏らしたら、上松さんの顔がみるみる笑顔になっていく。

「え。俺今、漆瀬さんに褒《ほ》められたのかな？　やった……!!」

分かりやすく喜んでいる上松さんを見て、つい顔が緩む。

「そんなことで喜ばなくても……」

「いや、喜ぶでしょ、そりゃ……あ、斎賀さん。おはようございます」

上松さんが私の後ろに視線を送る。彼の口から出た名前に、私はビクッと小さく体を震わせた。

「おはよう」

背後から聞こえる声は、間違いなく斎賀さんのものだ。

今、私の後ろに斎賀さんがいる。

これまでだったら、普通に振り返って挨拶《あいさつ》をしていただろう。でも今の私には、まだ彼と顔を合わせる勇気はない。

「……私、階段で行きますね」

上松さんの前を通り階段のある方へ歩き出す。上松さんが、一瞬だけ「え？」という顔をしたのが視界に入ったが、それを気にする余裕なんてなかった。

一刻も早く、斎賀さんの視界から消えたかったから。

心の中で何度も斎賀さんに謝りながら、私は三階まで階段を駆け上がったのだった。


昼休みになると、私の元に笑顔の諫山さんがやって来た。

「漆瀬さん、あの後どうだった？　ちゃんと斎賀さんに送ってもらったの？」

そう、軽いノリで尋ねられる。

自分のデスクにお弁当を広げていた私は、そんな諫山さんを暗い表情で見上げた。

「送ってもらいました……そして、失敗しました……」

「は⁉」

何を⁉　と尋ねられ、私は彼女にだけ聞こえる声で「思わず告白してしまい、その場で振られてしまいました」と説明した。それを聞いた諫山さんが、口を開けたまま固まった。

「は……⁉　え、振られ……あなたが⁉」

「そうです。きっぱり振られました」

「斎賀さんマジか……」

諫山さんが信じられない、という顔をして唸《うな》る。私はと言えば、振られた事実を改めて口にしたことで、やっぱりというか案の定、また凹《へこ》んだ。

「……もちろん、私も絶対にＯＫがもらえると思ってたわけじゃないんです。でも、まだ上手く気持ちが立て直せなくて、これまでみたいに接することができないのも、辛くて……」

「へ？　なんでそうなるの。別にこれまで通り接すればいいじゃない」

意味が分からない、という顔をされた。でも、私はそれに思いっきり反論する。

「これまでと同じようになんて無理ですよ！　き、気まずいし……まともに顔が見られないです」

「……モテる人って、相手に執着しないものだと思ってたけど。そうじゃないのね」

「ひどい……初めて本気で好きになった人なんです……そんなにすぐ気持ちを切り替えることなんかできませんよ」

本音を打ち明けたら、諫山さんが驚いたように目を見開く。そんなに変なことを言ったつもりはなかったのに、どこに驚く要素があったのかが謎だった。

「やだ、漆瀬さん可愛い。私、ますますあなたのこと好きになっちゃったかも」

「ありがとうございます……嬉しいです。複雑だけど……」

キラキラと目を輝かせる諫山さんに苦笑いする。

斎賀さんに振られたことは辛かった。でも、今回の件で諫山さんと仲良くなれたことは、傷心の私にとっては救いだった。

総務部に勤務していると、何かと他部署の社員と関わる機会がある。

経費の精算とか、社会保険がらみのことや検診の手配とかなど。各部署で使用する備品やコピー用紙の管理も全部総務の仕事だ。コピー機自体はレンタル品だけど、故障した時にメーカーのサービス担当者に修理依頼をするのは総務の仕事だし、トナーの発注もそうだ。

だから総務には日頃いろんな部署の社員がやって来る。でも、これまで斎賀さんが総務に来たことは、私が記憶している限り一度もない。

——異動してきてすぐは提出するものがいろいろあるから、誰かしら対応してるはずだけど、たまたま私はその場にいなかったのか記憶にないし……

できればこのまましばらく、斎賀さんとは顔を合わせることなく過ごしたい。そんな願いを抱いていた私だが、その願いはあっさり打ち砕かれることになる。

「漆瀬さん。これ、企画開発部の部長に届けてくれる？」

席についていた私の頭の中が、一瞬だけ真っ白になった。でも私に頼んできたのは部長だ。断ることはできない。

「承知しました……」

ふらふらと立ち上がりながら、部長から書類の入ったクリアファイルを受け取った。

なんでこのタイミングで、と思いつつファイルを手に階段を上がり、企画開発部へ向かう。

部署に入るなりぱっと確認すると、斎賀さんの姿はなくてものすごく安堵した。

フロアの奥のデスクにいる企画開発部の部長にファイルを渡す。帰りぎわに他の社員から別の用事を持ちかけられたりしながら出口に向かうと、ちょうど部署に入ってくる男性が二人。一人は上松さんで、もう一人が斎賀さんだった。

斎賀さんを認識した途端に、体が石のように硬くなった。何も言葉を発せず固まっている私へ、真っ先に声をかけてきたのは上松さんだった。

「あっ、漆瀬さん！　こんなところで会えるなんてラッキー」

「……お疲れ様です。ちょっとお使いで……もう、用事は済みましたので、私はこれで」

にこにこと笑顔を振りまく上松さんに対し、斎賀さんはいつものごとく無表情だった。それを目《ま》の当たりにした私の胸に、ズキッと痛みが走る。

――きっと、私を振ったことなんか斎賀さんにとってたいしたことじゃないんだろう。だから、私を見てもなんとも思わないいんだ……

そう解釈して、勝手に落ち込んだ。

「お疲れ様です」

私は斎賀さんと一瞬だけ目を合わせ挨拶《あいさつ》をした後、すぐに視線を逸らして彼らの横を通り抜けた。

後ろから斎賀さんの声が聞こえたような気がしたけど、きっと気のせいだ。

私は振り向くことなく、足早に階段を下りていった。

＊＊＊

「斎賀さん、漆瀬さんになんかしたんですか？」

昼食の時間。社員食堂で上松と向かい合わせで腰を下ろすと、いきなりそう切り込まれた。

「……なんかってなんだ」

箸《はし》を手に、日替わり定食の味噌汁を啜《すす》りながら上松に聞き返す。上松も自分と同じ日替わり定食だが、彼のご飯は大盛りだ。

「さっきの漆瀬さん、斎賀さんとあまり目を合わせないようにしてませんでした？　どこかよそよそしいというか……」

「気のせいだろう」

「ええ～、そんなことないと思うんですけど」

上松の疑念は晴れないらしい。生姜《しょうが》焼きの肉を頬張りながら、何度も首を傾げていた。

「斎賀さん、知らないうちになんか彼女の気に障るようなことしたんじゃないですかねえ……なんて、俺が言うのもアレなんですけど」

「よく分かってるじゃないか上松。多少は成長したな」

「あざす」

どうよ、と言わんばかりに胸を張る上松に、脱力した。

「いや、決して褒《ほ》めたわけじゃないからな」

フッ、と鼻で笑いつつ味噌汁を置き、ご飯茶碗を手にした。

上松の勘は間違っていない。

明らかに漆瀬さんの自分に対する態度がこれまでと違う。だがその理由は、分かっていた。

——間違いなく、アレが原因……だな。

金曜日の夜、彼女を家まで送り届けた時に、好きだと言われた。

正直、驚いたし、どう返事をしたらいいか困った。

なんせ彼女は、我が社でその名を知らない者はいないと言われるほどの女性だからだ。

外国人の父を持つという彼女は、遠目から見ても肌の白さが際立っていた。一つに束ねた長い髪は日に透けるとキラキラ輝き、すれ違う者は皆、男女問わず彼女に見惚れたという。

彼女が入社した時、すごく綺麗な子が入ってきたと、ちょっとした騒ぎになったくらいだ。目が大きくて、顔が小さくて手足が長い。いつも地味な格好をしているが、彼女の美しさが霞《かす》むことはなく、一体どんな男が彼女を射止めるのだろう、と社内の関心を集めていた。

だが同時に、彼女自身がひどく内向的な性格で異性と関わろうとしないことや、次期副社長と噂される姉崎本部長のお気に入りという噂もあり、最近では彼女に告白する者はほぼいないらしい。

彼女の姿を見ることなく九州に異動になった俺は、今年本社に戻り、初めて本物の漆瀬さんをこの目で見た。

異動にあたり、通勤手当の申請など総務に書類を提出しにいった時、席で仕事をしている彼女に目を奪われた。

綺麗なEラインを描く小さな横顔に、大きな目。一つに結んでいる長い栗色の髪は、染めているのではなく地毛だと噂で聞いた。立ち上がった時に見えた全身は細身で、確かに手足が長い。噂通りの美女に、あまり見てはいけないと思いつつも、つい目で追ってしまった。

――こんなに綺麗な人が身近にいたのか……

ドキドキしたというより、美術品を鑑賞するような感覚だったと思う。

誰もがその美しさに一目置く漆瀬さんと自分は、仕事以外で関わることなどない。

そのはずだった。

まさか異動して間もない自分の部下が、いきなり彼女に告白するとは予想すらしていなかったのだから。

上松の押しの強さに漆瀬さんがものすごく困惑しているのが、見ていてすぐに分かった。

それなのに上松は、そうした空気をまったく読まないどころか、彼女に振られたことに苛立ち、ひどい暴言を浴びせたらしい。

あの日、廊下で見かけた漆瀬さんが、泣いているように見えた。次の瞬間、勝手に体が動いて彼女を外へ連れ出していた。

菊池常務の送別会の時もそうだ。

縁談を断られたにもかかわらず、その理由を求めて彼女に詰め寄る菊池常務の息子さんは、ひどく大人げなく見えた。同時に困り果てている漆瀬さんが不憫《ふびん》に思えて、余計なお節介だと理解しながら二人の会話に割り込んだ。

だが自分の中で、それらの行動は決して彼女に好意があって起こした行動ではなかった。

だから告白された時は戸惑うと同時に、自分のような男は彼女に釣り合わないという思いが浮かび、咄嗟《とっさ》に拒絶の言葉を発していた。

強張《こわば》る漆瀬さんの顔を見て、すぐにしまったと思ったが後の祭り。

居たたまれなさにその場を後にした。

彼女に対する申し訳ない気持ちと、何故自分を？　という理解不能な気持ちが入り交じり、どうやって自分のマンションに帰ったのか、まったく記憶にない。

これまで彼女を、異性として意識したつもりはなかった。なのに、彼女の強張《こわば》った顔を思い出す度に胸が痛む。加えて、そっけない態度をされて地味に傷ついている自分はなんなんだ。

彼女の笑顔が脳裏に焼き付いて離れないのは、何故だ。

「……難しいな……」

ぽつりと漏らした言葉は、しっかり上松に聞こえていたらしい。

「え、なんですか？　俺のことですか？」

「うん、ああ、まあ……ある意味難しいな、上松は」

「どういう意味ですか……？」

目の前で首を傾げる上松を見て、つい笑いが込み上げた。

上松はたまに暴走するけれど、自分を省《かえり》みて非があればすぐに謝ることができる。しかも、まったく後腐れなくこれまで通りに接することができるのだ。

そういうところは、自分も見習いたいと思う。

「いや……お前って意外とすごい奴だなって思って」

「……？　どの部分を指しているのかよく分かんないですけど、あざす」

ぺこっと頭を下げた上松をちらっと見てから、食事の手を進めた。

自分はこの後どうすべきなのか。そのことばかり考えていたら、料理の味などまったく記憶に残っていなかった。

＊　＊　＊

斎賀さんにひどい態度を取ってしまった私は、激しく落ち込んでいた。

――さすがに、態度があからさますぎたかもしれない……

いくら振られた後とはいえ、いつも通りに振る舞うべきだった。あれじゃ斎賀さんだけでなく、隣にいた上松さんにだって変に思われたかもしれない。

こんなことになるくらいなら、そもそも告白なんかしなきゃよかった。

そんな後悔の日々が数日続いたある日。

「……漆瀬さんさ、最近なんかあった？　前にも増してなんか……負のオーラが……」

「え……？　そうですか？」

向井さんとお弁当を食べていると、彼女が心配そうに私を見つめてくる。

「そ……そんなつもりはないのですが……」

黙々とお弁当に入っていた玉子焼きを食べながら、つい視線を落とす。

彼女には斎賀さんに振られたことをまだ話していない。知っているのは諌山さんだけだが、彼女も私に気遣ってか、不自然なほどそれに一切触れてこない。

確かに私の気持ちはまだ落ちているけど、これでもどん底だった時よりマシになったと思っていたので、向井さんからの指摘に内心頭を抱えたくなった。

「この前の送別会の時はすごくキラキラしてて可愛かったから、またああいう髪型とかにすればテンションが上がるんじゃない？」

向井さんがよかれと思って提案してくれる。でも、今の私はとてもじゃないがそんな気になれなかった。あの時の髪型を思い出すと、どうしても斎賀さんまで付いてくるから。

「いえ。やっぱり仕事の時はこの髪型が一番落ち着きますし」

「そ、そう……」

困り顔の向井さんを見ると、なんだか申し訳ない気になる。ただでさえない食欲が、ますますなくなりそうだ。

「お食事中すみません、書類を持ってきたんですが」

「あ、はい」

話をしていたら別の部署の男性が書類を持ってきた。私はそれに素早く席を立ち、男性の元へ急いだ。

「……はい、記入漏れもありませんので、これでお預かりします」

受け取った書類のチェックを済ませ、男性に軽く一礼する。しかし用事が済んだはずの男性は、まだ何か言いたそうにしていた。

「まだ何か……？」

「あ、いえ。なんでもありません、じゃ、よろしくお願いします」

真顔で問いかけたら、男性がそそくさと部署を出て行った。

書類を所定の場所に置き自分の席に戻ると、向井さんがじっと私を見ている。

「漆瀬さん……なんか、前にも増して対応が事務的になったわね……」

向井さんに指摘されたが、その通りなので何も言えなかった。今の私は、前より内向的になっているかもしれない。

――自分でも分かってます。だけど、どうしようもないんです……

今の私は、意図して対応を事務的にしているところがあった。

こんなことじゃ、いつまでたっても変わることなんかできないと思うけど、人と関わる度にこんな辛い思いをするなら、必要以上に近づかないのが一番いいとも考えてしまう。

結局私は、下を向いて仕事をする日々に戻っていた。

斎賀さんとは、あれ以来まったく顔を合わせることはない。

でも今は、それが何よりもありがたかった。

その日の夕方。

私が終業時間を迎えてすぐに部署を出ると、エントランスに四、五人で固まって話をしている男性社員達が視界に入った。その中にいる男性の背格好が、どうにも斎賀さんっぽい。

——……いや、どう見ても斎賀さんだ。

不思議なもので、好きな人の背中というのは、どんなに遠目でも分かるものらしい。それは、斎賀さんを好きだと自覚してから気がついたことだった。

このまま行くと斎賀さんと顔を合わせてしまうかもしれない。でも、彼はこちらに背を向けているし、上手くいけば気づかれずに済むだろうか。

極力気配を消しつつ、こそこそと集団の横を通り抜けた。無事に社外に出た私は、いつものバス停まで歩いてほっと息をつく。

珍しく誰もいないバス停のベンチに座り、腕時計で時間を確認する。バスが来る時間まで、まだしばらくある。

本でも読んでいようかとバッグに手を突っ込んだ時、私の隣に誰かが座った。何の気なしに隣を見ると、そこにいたのはまさかの斎賀さん。

私は彼の方を向いたまま言葉を失った。

「お疲れ様」

正面を向いていた斎賀さんが、チラリと私に視線を送ってくる。

「おっ……お疲れ様です……」

二人きりになるのは告白したあの夜以来だ。

最近やっと平常心を取り戻しつつある私だが、本人に来られてしまうとどうしたって挙動不審になる。

――振られた相手と変わらず普通に話せるって、ものすごい勇気がいる……

自分で経験してみて初めて、上松さんってすごい、と思った。

とてもじゃないけど、私は普通に話せる気がしない。でも、隣にいるのにずっと無言でいるというのも不自然だし……

何を話すか必死に頭を働かせていると、先に斎賀さんが口を開いた。

「いきなりごめん。悪いとは思ったんだが、どうしても漆瀬さんと話がしたかった」

「話……？　なんの……でしょうか」

恐る恐る隣に視線を送ると、真顔の斎賀さんと目が合ってドキッとした。

「この前のことを謝りたかった。本当に、申し訳なかった」

――この前のこと……

あの夜のことを思い出してまた胸が痛んだ。

「謝るって……何をです？」

斎賀さんを見ていられず、自分の膝の辺りをじっと見つめた。

「あの時俺が言った言葉は、せっかく気持ちを打ち明けてくれた漆瀬さんに対して不適切だったと思う。申し訳なかった」

「……いえ、もう気にしていませんので……」

「だが」

「大丈夫です、本当に気にしていませんので。斎賀さんが謝ることなど何もありません」

これ以上、気持ちを受け入れられないことを謝られたら、絶対、もっと悲しくなる。

「ごめんなさい、私、行きますね。お疲れ様でした」

衝動的に立ち上がった私は、頑張って精一杯の笑顔を作って、会釈《えしゃく》した。

斎賀さんは何か言いたそうな顔をしていたが、敢えて気づかない振りをする。

バスで帰るつもりだったけど、今は斎賀さんと同じバスに乗るのは耐えられない。私はそのまま、自宅方面に向かって歩き出した。

ちょっと距離はあるけれど、この先に駅もある。そこからタクシーに乗って帰ろう。

——ほんと、私、だめだなあ……

完全に斎賀さんのことを吹っ切るには、まだ時間がかかりそうだ……

そんなことを考えながら早足で歩いていたら、いきなり後ろから腕を掴まれた。

「待って」

何故か斎賀さんが私を追ってきていて、すごく驚いた。

——なんで……？

「……あの、手を離していただけませんか？」

「まだ話が終わっていない。頼むから、ちゃんと最後まで聞いてくれないか」

最後まで、と言われた瞬間、胸がズキンと大きく痛んだ。

「聞きたくないです。……ま、まだ笑顔で話せないんです。今は無理でも、ちゃんと元に戻……れるように頑張ります。だから、今はそっとしておいてください」

「違うんだ」

掴まれた腕が、痛いくらい強く握られる。

もう、何がなんだか分からなくて半泣きだった。

「違うって、何が……」

「好きだ」

「は？」

感情が昂《たかぶ》っていたせいか、言われたことがすぐに理解できなかった。

「だから、好きなんだ。漆瀬さんのことが」

真っ直ぐ見つめられそう言われる。少しずつ言われたことを頭が理解し始めた。

「う、嘘です」

「嘘じゃない」

「なんでですか」

「え？」

斎賀さんの形のいい眉が、ひゅっと下がる。

「この前……はっきり恋人にはなれないって言ったじゃないですか。あれから一週間ちょっとしか経ってないのに、そんなにすぐ気持ちが変わるわけないです」

「そこを含めてちゃんと説明する。頼むから、話を聞いてくれ」

静かに、お願いだから、という気持ちを込めて斎賀さんが私を見る。

「でも……」

視線を落とすと、腕を掴む力が少し弱くなった気がした。

「……漆瀬さん、悪いけど少しここで待っていてくれないか。車を持ってくるから、どこかゆっくり話せる場所に移動しよう」

「え……」

どうしよう、と迷った。でも、周囲には人が増えてきているし、このままここで話をするのは難しそうだ。仕方なく私は、首を縦に振った。

「……分かりました……」

「ありがとう」

斎賀さんはそう言って、社屋へ戻っていった。革靴で猛ダッシュする斎賀さんをポカンと見送りながら、私はその場に立ち尽くす。

——今、一体何が起きているんだろう……？

さっき斎賀さん、私のことを好きだって言っていたような気がする。

思い出した瞬間、顔がカーッと熱くなって、激しい動悸《どうき》に襲われた。

——ふ、振られたはずなのに……なんで？　好きって……どうして？

頭の中がクエスチョンマークで埋め尽くされていく。

どうにか気持ちを落ち着かせること数分。目の前に黒っぽいSUVが停車して、助手席の窓が静かに開いた。

「乗って」

運転席から顔を覗《のぞ》かせた斎賀さんに促《うなが》され、私は恐る恐る車の助手席に乗り込んだ。

「とりあえず、車出すから」

ドアを閉め、私がシートベルトを装着したのを確認した斎賀さんが、すぐに車を発進させた。

当たり前だけど、車の中は私と斎賀さんの二人だけ。私達を見ている人は誰もいない。そのことに安心はするけれど、今度は別の意味で落ち着かなくなる。

――き……緊張する……

膝の上にきちんと手を置き、置物みたいに固まった。

「どこかで食事でもしながら話そうか」

正面を見据えたまま、斎賀さんが言った。

「はい……あ、でも今二人きりですし、ここでも……」

「いいの？」

「はい」

チラリと運転席を見れば、たまたまこっちに顔を向けた斎賀さんと目が合った。

それから彼は一度軽く息を吐き出してから、躊躇《ためら》いがちに口を開く。

「この前は、まさか漆瀬さんからあんなことを言われるとは思ってもみなくて、とても驚いた」

実際彼の口から驚いた、という単語が出ると、申し訳ないという気持ちが込み上げてくる。

「で……ですよね……すみません……」

同時にあの時のことを思い出し、恥ずかしさで居たたまれなくなる。

「謝らなくていいから。……あの夜、俺が恋人になるのは難しい、と言ったのには理由があるんだ」

「……理由、ですか？」

斎賀さんがハンドルを掴んだまま、フーッと、息を吐き出した。

「漆瀬さんは、自分が周囲からどう見られているか、ちゃんと分かってる？」

いきなり矛先《ほこさき》がこちらに向いて「えっ？」と困惑してしまう。

「どうって……その……外見に対して中身が暗いから、変な人だって、よく言われますけど……」

すると、何故か斎賀さんが怪訝《けげん》そうな顔をする。

「いや、そうじゃなくて。漆瀬さんは、綺麗だから目立つんだよ。男女問わず、君に憧れている社員はすごく多い。まさか、そのことを知らないわけでは……」

「え、その……どちらかというと、嫌みを言われることの方が多いので……あまり……」

「……その件は一旦置いておこうか。本人の自覚はともかく、漆瀬さんは社内で知らない人はいない有名人なんだ。実際、君に一目惚れして告白した上松が、あっという間に噂になるくらいだし。君の恋人になる男は、嫌でも注目される」

「注目って……」

一度ため息をついてから、斎賀さんが淡々と話を続ける。

「俺は……はっきり言って愛想がいい方じゃない。女性との交際経験がないわけじゃないが、恋人がいても仕事を優先したり、言葉が足りないせいで相手を怒らせることが多々ある。つまり、女性にとって、なんというか……あまりいい交際相手ではないと思う」

――そ、そうなんだ。

「でも、私……斎賀さんは優しい人だと思いました」

「漆瀬さんは、仕事上の俺しか見てないから。本来の俺はそういう人間なんだよ。……だから、君に告白された時、すぐに自分は漆瀬さんに相応《ふさわ》しくない――そう思った」

「え？　それって……」

つまり、私は嫌われているわけではない、ということなのか。

「きっと周囲は許さない。その不満をぶつける先が、俺であるなら一向に構わない。だが、漆瀬さんに矛先《ほこさき》が向く可能性だってある。もし万が一そうなったら、後悔してもしきれない。だから、あいう判断をした」

斎賀さんの言っていることが、よく分からない。

恋人になるのが難しいってなんだ。周囲が許さないって、なんだ。

「……そんなの、おかしいです。なんで周囲の反応を気にしないといけないんですか？　恋愛をするのは私です。誰と恋をするか決めるのも私です。他の人の意見なんて関係ないです」

「この前の菊池常務の息子さんのように、虎視眈々《こしたんたん》と君の恋人の座を狙っている男は、いくらでもいるだろう。だからこそ、君の恋人になる男は、周囲が認めざるを得ないような者の方がいいと思っていた」

「どうしてですか……？　ただ、好きなだけじゃだめなんですか……？」

太ももに置いた拳《こぶし》に力を入れて声を絞り出す。その手を、運転席から伸びてきた斎賀さんの手が包み込んだ。

「そうだね。恥ずかしながら、俺は最近になってやっとそのことに気がついたんだ」

「……斎賀さん」

「君に避けられるのは、思ったよりショックだったよ」

全然表情を変えずに、斎賀さんが言った。

この人でもショックを受けることがあるのか。その事実に、私の方が驚いた。

「そ、それは……」

「以前俺は、君に自分の思う短所を長所にしろと言った。だが、それを実践する君の側に、別の男がいるのは嫌だった。変わっていく君の側にいるのは、俺でありたかった」

「……え？」

私の拳《こぶし》を包む手に力が籠《こ》もる。

「君を他の男に渡したくない」

信号待ちで車が停車した時、斎賀さんの指が私の指の間に滑り込んできた。そのまま指を絡めて手を握り直される。

ドキドキしすぎて、言葉が出てこない。

——なんか、私に都合よく物事が運びすぎていない？

これは夢なのかもしれない、と疑う自分がいる。

「あの……本当に私でいいんでしょうか」

信号が青になったタイミングで、斎賀さんの手が私の手から離れていく。

それを寂しく思いながら、私は思いきって尋ねてみた。

「君がいいんだ」

「え、あ……」

「君の気持ちを知りたい。まだ、あの時と同じ気持ちでいるのなら、恋人になってほしい」

それに対する答えなど、考えなくても決まっている。

私は無言で何度も頷いた。すると斎賀さんが、気が抜けたように大きく息を吐き出した。

「……久しぶりに緊張した……本当にいいんだね？」

「は、はい……よろしくお願いします……私、恋愛経験がほとんどないので、ご迷惑をおかけするかもしれませんが……」

するとと何故か斎賀さんがピタッと動きを止め、信じられない、という顔をする。

「恋愛経験が……ない……？」

「はい……」

返事をしたら、斎賀さんが額《ひたい》に手を当て、ため息をついた。

「……嘘だろ」

「あ、もちろん、好きな人はいましたよ。憧れというか……」

自分で言ってて悲しくなってくる。しかし斎賀さんはいまだ困り顔のままだ。

「君の周りにいた男どもは、今まで何をやって……」

「男……ですか、いえ、今まで私の周りには、あまり男性がいなかったので……」

「本当に一度もなかったのか？」

「はい……すみません……」

真顔で聞き返されて、申し訳ない気持ちになる。

「それは……気にしなくていいから」

気にしなくていいと言われホッとした途端、緊張が緩んで大胆なことを聞いてしまった。

「あの。斎賀さんは私のどこを気に入ってくださったんですか？」

「どこって」

ギョッとした様子の斎賀さんに、しまったと思った。こんなこと、いきなり聞いちゃいけなかったんだ。

「う、嘘です……やっぱり言わなくていいです。すみません！」

手と首をぶんぶん振って謝る。でも、斎賀さんは「いや」といって、真剣にそれを考えてくれているようだ。

「……どこがっていうか、うん……君の存在自体……かな」

斎賀さんの言葉に、思わず首を傾げた。

——私の存在……？　もう少し詳しく聞きたいんだけど……

「どちらかというと、俺の方が君に聞きたいことだらけだ」

「え」

「なんで俺なのか、とか」

「それは……」

言われてみると、確かに斎賀さんのどこに惹かれたのか、説明するのは難しい。

咄嗟《とっさ》に助けてくれる判断力や、機転の利く頭の良さ。顔や性格に立ち姿、スーツを身に纏《まと》った時に溢《あふ》れ出る男の色気とか、好きなところはたくさんあるけれど、決め手になったのはきっと……

「斎賀さんの雰囲気……だと思います」

「雰囲気？」

「はい。接するうちに、なんというか……斎賀さんの持っている独特な雰囲気に惹かれて……一緒にいると、すごく心地よかったんです」

「心地いい……？　俺が？」

「はい……」

こんな風に心の内を話すことはそうない。恥ずかしくて、顔を上げることができなかった。

——わ、私ったら、なんでこんなペラペラ話しちゃってるんだろう……恥ずかしすぎる……

「ありがとう」

俯《うつむ》いていると、隣からものすごく優しい声が聞こえた。反射的に顔を上げると、斎賀さんが微笑んでいた。

「……いえ」

なんだか喜んでくれたみたい……？

斎賀さんの反応に私の胸が小さく躍った。


車の中でほぼ大事な話が終わり、安心したらお腹が空《す》いた。

初めて好きな男性と一緒に食事をすることに、どこかフワフワしている私。その結果、彼に何を食べたいか聞かれた際、あまり緊張しなくても食べられそうなものを選んだ。お蕎麦《そば》である。

郊外にある駐車場完備のお蕎麦《そば》屋さんは、店内がとても広い。おかげで、ちょうど夕食の時間帯ではあったがまだ席に余裕があった。

斎賀さんは慣れた様子でメニューを取ると、私に広げて見せてくれた。

「俺は頼むものが決まってるから、どうぞ」

「そうなんですか？　ちなみに斎賀さんは何を？」

「天ざる」

「……じゃあ、私は……」

美味《おい》しそうなメニューにいろいろ目移りはするものの、目の前に好きな人がいると思うと緊張で食欲があまり湧かない。

「ざるでお願いします」

斎賀さんがすぐに店員さんを呼び注文を済ませると、二人とも目の前に置かれた湯飲みを手に取った。中身はそば茶だ。

「漆瀬さんは、家ではいつもどういった食事が多いの？」

「食事ですか。……たぶん、ごく普通の和食だと思います」

「ハーフって聞いたことがあるんだが」

ああ。そういうことか。父親ないし母の出身国によって食生活が違うと思われてたんだな？

「父はアメリカ人ですが、小さい頃に両親が離婚したので、ずっと母の実家に住んでいるんです。だから食事も、子供の頃から和食がメインです」

「そうだったのか。プライベートなことを聞いてしまった。ごめん」

斎賀さんが申し訳なさそうに目を伏せたので、いえいえと手をひらひらさせる。

「いえ。そんなに気にしてないです。それに、父とは電話やスカイプで今でも話はしてますから」

「もしかして、漆瀬さんは英語が堪能だったりする？」

「そうですね。あまり早口だと聞き取れないこともあるんですが……一応、海外のお客様の対応を任せていただけるくらいには話せると思います」

母が英語の教師で父が英語圏に住む人ということもあり、当たり前のように英語を使ってきたので身についてはいる。ただ、日常的に使わないと忘れてしまいそうになるのだが。

「へえ……さすがだな」

――褒《ほ》められた……嬉しい。

好きな人に褒《ほ》められたことが嬉しくて、つい頬が緩んでしまう。

それをきっかけに、私達はお互いの子供の頃の話や、会社に入社した経緯などを話した。

その間に注文したお蕎麦《そば》と、斎賀さんの天ぷらが運ばれてくる。お蕎麦《そば》は白っぽい更科蕎麦《さらしなそば》で、割合は二対八。細めの手切り麺は、つやつやしていて食欲をそそる。

「食べようか」

「はい。すごく美味《おい》しそうです。いただきます！」

さっきまで斎賀さんに緊張しまくっていたのに、確実に意識はお蕎麦《そば》に移っている。お腹が空《す》いていたし、仕方ないのだが。

早速口に運んだお蕎麦《そば》はのどごしがいい。口の中に入れた途端に、ふわっと香る蕎麦《そば》の香りが、なんともいえない。

「美味《おい》しいです」

もぐもぐしながら斎賀さんを見ると、彼は一旦食べる手を止め、私を見て微笑んだ。

「よかったね」

美しい箸《はし》遣いで蕎麦《そば》を啜《すす》る、斎賀さんのそんな姿を見ることができて、私は幸せに浸《ひた》りまくっていた。

家族との食事とも、同僚との食事とも違う。

好きな男性との食事は、こんなにも幸せを感じることができるのか……

初めて味わう、幸福な時間。

私はお蕎麦《そば》を啜《すす》りながら、思いっきり幸せを噛みしめていた。


食事を終えた私達は再び車に乗り込み、私の自宅へ向かう。

この前タクシーで送ってもらった時に場所を覚えたらしく、斎賀さんの中で私の家へのルート検索が完了しているようだった。

「斎賀さんって、記憶力がいいんですね……」

「別に普通だよ。漆瀬さんの家は、俺のマンションとも近いからね。元々土地勘があるんだ」

そうなんだ、と思いつつ、この前向井さんから聞いた情報を思い出す。

「でもここ数年は、九州の方にいらしたんですよね？」

もしかして、実家がうちの家の辺りなのだろうか。

脳内でいろいろと考えていると、斎賀さんが口を開く。

「九州に行く前に住んでいたのが、ちょうど漆瀬さんの家がある辺りだったんだよ」

「あ、そうだったんですね……」

そんな偶然があるものなんだな、と思いながら車のシートに背中を預けた。

話せば話すほど斎賀さんを知ることができる。それが嬉しくて、楽しかった。

もっと彼のことが知りたくてうずうずする。そんな風に思うのは初めてで、心が躍った。

「それで、これからのことなんだけど」

「これから？」

なんのことか分からなくて、ぽかんとする。

「付き合うということに関して、少しいいかな」

「はい」

返事をしてから斎賀さんを見ると、真顔で正面を見つめていた。

「うちは社内恋愛を禁止していないので、本来付き合っていることを隠す必要はない。ただ、周りをあまり刺激したくないので、できれば、俺達が交際していることは、しばらく社内の親しい人以外には言わないでほしい。特に上松には話さない方がいいと思っている」

それには私も同意見なので、深く頷いた。でも、やはり気がかりはある。

「隠れて付き合っていることがバレたら、上松さん、気分を悪くされないでしょうか……斎賀さんが何か言われたり、仕事で何か問題があったりしたら、困るのでは」

「いや、俺は何を言われてもいい。気がかりなのはそっちではなくて、もしかすると、また上松が君に対して攻撃的な行動をとる可能性もあるので。もちろん、ずっと秘密にするつもりはないから、少しだけ時間をくれると嬉しい」

攻撃的な行動と言われて、時間のムダと言われた時の上松さんを思い出す。

確かに、あの時の上松さんはかなり怖かった。すぐに謝ってきてくれたけど、できることなら、ああいうのはもう経験したくない。

「分かりました」と言ったら、斎賀さんが小さく頷いた。

好きな人と食事をして、家まで送ってもらうなんて初めての経験だ。これって初めてのデートと言っていいのだろうか。

恋人ができた女性が、お洒落して綺麗になっていくのが分かった気がする。

——今度服を買いに行こう……

好きな人とデートがしたい。デートに行くにはお洒落が必須。お洒落をするために買い物に行かなければ……と、頭の中でバタバタとスケジュールを組んでいく。こんな行動的な自分がいたことに正直驚いた。恋ってすごい。

恋をすると、分かりやすいくらい自分の意識が変わる。そのことにびっくりした。

そうこうする間に、斎賀さんの運転する車が家の近くに到着した。すぐに車を降りるつもりだった私の予想に反して、斎賀さんは近くのコインパーキングに車を停める。そして、車を降りて私を家の真ん前まで送ってくれた。

そこまでしてくれたことに驚きつつも、本心は嬉しさでいっぱいだった。

「すみません、ありがとうございました」

「いや、全然。それより、遅くなったからご家族にご挨拶《あいさつ》した方が」

斎賀さんの視線が、我が家に移った。私もそちらを見ると、明かりが点《つ》いているのは祖母の部屋だけだ。母はまだ帰っていないのかもしれない。

「あー……家にいるのは祖母だけなので挨拶《あいさつ》は大丈夫です。たぶんもう、寝ちゃってると思うので」

「なるほど。じゃあ、またの機会に」

そこでおやすみなさい、と挨拶《あいさつ》をしようとしたら、私達の間を強い風が吹き抜けていった。

「わっ……風、すご……」

思わず足を踏ん張ると、さりげなく斎賀さんの手が私の肩を支えてくれる。

「早く家に入って。じゃ、おやすみ」

肩に触れた手が、私の頭を一撫でする。

「おやすみなさい……」

私を見つめて微笑む斎賀さんに、見惚れてしまう。

好きな人が私の頭を撫で、おやすみと言ってくれる。それだけで、こんなに幸せを感じることができるなんて。

名残《なごり》惜しそうに離れていく手を寂しく思いながら、斎賀さんの背を目で追った。その夜は妙に目が冴えてしまって、なかなか寝付くことができなかった。

五

斎賀さんと交際を始めた。

といっても、事前に話し合った通り、私達の交際は社内でおおっぴらにしていない。それもあってか、今までと特に変わらない生活を送っていた。

なんとなく好きな人と両思いになったら、世界が一瞬でバラ色になるのだと思っていたけど。

――二十八歳と三十三歳だと、こういう感じなのかあ……

もちろん私も、思いが通じた日は天にも昇るような気持ちだった。

でも、寝て起きて日常をスタートさせると、お互いに毎日の仕事や生活があるから、どうしたって恋愛が優先ではないという事実に気づく。

――そりゃ、そうだよね。恋愛だけじゃ生きられないもの。

ある意味、恋愛初心者の私にはありがたいような気がする。なんせまったく免疫がないから、亀の歩みレベルでないとテンパッて日常生活が立ち行かなくなってしまいそうだし。

なんて考えていた金曜の昼休み。

斎賀さんから【明日空《あ》いてる？】というメッセージが送られてきた。

特に何も予定が入ってなかったので【はい】と返したら、【どこか行こうか】という、お誘いのメッセージが返ってきた。

つまりこれって、デートのお誘い!?

ぜひお願いします。とメッセージを返すと、すぐに【家に迎えにいくから】という言葉と、時間が記されたメッセージが届いた。

――デ、デート……！

ちゃんとしたデートのお誘いに心が躍る。昼休みの間中、頭の中で明日着ていく服のコーディネートばかり考えてしまった。

なんとか気持ちを落ち着け午後は仕事に集中した。今日のノルマをきっちり終え、デスク周りを片付けていると終業時刻を迎えた。

バッグを肩に掛けて、同僚に挨拶《あいさつ》をして部署を出る。そのまま階段を使って一階に向かっていると、ちょうど階段を上《のぼ》ってきた男性社員と目が合った。折居さんだ。

「お。漆瀬さんじゃーん。お疲れ」

「お疲れ様です」

「帰るとこ？」

「はい、じゃ、お先に失礼します」

そそくさと立ち去ろうとしたら「ああ、そういえば」と呼び止められる。

「この前は大変だったね？　菊池氏」

苦笑いする折居さんに、私はハッとなって頭を下げた。

「いえ。あの時はありがとうございました。お騒がせしてしまって申し訳ありません」

「いやいや。俺ももっと早く止めに入らないといけなかったなって、あの後反省してさ。漆瀬さんに会ったら謝ろうと思ってたんだ。ごめんな？」

「そんなことは」

突然の謝罪に恐縮していたら、何故か折居さんがにやりと口角を上げた。

「でも、あれで斎賀と上手くいったんでしょう？　漆瀬さん」

「へっ……」

何故ここで折居さんの口から斎賀さんの話題が。

「とぼけてもムダだよ。あの時の漆瀬さん、斎賀を見てぽーっとしてたし、その後も斎賀と一緒に帰ってたじゃん。諫山さんがタクシーの中でやたら斎賀のことを聞いてくるから、ピンときてね。こりゃ、漆瀬さんが斎賀のこと好きで、諫山さんが協力してあげてるのかな……と」

――折居さん、鋭い。

さらっといろいろ当てられてしまい、言い逃れしようにも上手い言葉が浮かんでこない。

「いや、その……ですね……」

アワアワしている私に、折居さんが微笑みかける。

「誤魔化さなくてもいいさ。実際、君を助けた時の斎賀はかっこよかったもんな。俺が女だったら惚れてたわ」

「は、はあ……」

返す言葉に詰まりながらも、一応同意した。

「それに、斎賀は見た目通り真面目な男だからさ。漆瀬さんみたいな人がちゃんと付き合うなら、理想的だと思うわ。君、男を見る目あるよ」

「……折居さんは、斎賀さんのことをよくご存じなんですか？」

そういえば斎賀さんは折居さんのことを「折居先輩」と言っていた。送別会の時も一緒にいたし、二人には何か繋がりのようなものがあるのかもしれない。

すると折居さんが、笑顔で斎賀さんとのことを話してくれた。

「俺と斎賀は、同じ大学の同じサークル出身なんだよ。俺が四年の時、あいつが一年でさ。実のところ、付き合いは長いんだ」

「そうだったんですね……ちなみになんのサークルだったんですか？」

「囲碁将棋」

キラキラした華やかなサークルを想像してた私の予想とだいぶ違った。

「渋い、ですね……」

噛みしめるように頷いていると、折居さんがフッ、と笑みを漏らす。

「君が斎賀を選んでくれて、俺としては結構嬉しいんだよね」

「え、いやあのですね、そのことに関してなのですが……」

彼とのことはあまり大っぴらにしないよう言われているのに、折居さんがどんどん話を進めていく。どうしたらいいかと、あたふたしていると頭の上にポン、と手が乗った。

「まあまあ。隠さなくても分かってるし、誰にも言わないさ。それよりも斎賀のことよろしく頼むな。あと、君に恋人できたら妬《や》く野郎がいっぱいいると思うから、困ったらいつでも頼ってな」

「は……はい……」

「んじゃね」

そう言い残し折居さんは階段を上《のぼ》って行ってしまった。

――なんか、折居さん嬉しそうだったな。男同士の友情って、なんかいいかも。

それに、斎賀さんとの交際を喜んでもらえたのは素直に嬉しい。

喜びを噛みしめた私は、ほくほくした気持ちで階段を下り、社屋を後にしたのだった。


そうして迎えたデート当日の朝。

いろいろ悩んだ結果、あまり派手すぎない格好に落ち着いた。

シンプルなコットン素材のロングワンピースにアクセサリーを合わせる。髪は結ばずに下ろして、眼鏡を外してコンタクトにした。

休日はいつも昼過ぎまで自室でごろごろしている私。それが珍しく午前の早い時間に出かけようとしているのを見て、祖母も母も仰天していた。

「ちょ……何事⁉　珠海が朝からそんな風におめかしするなんて……誰かと出かけるの？」

パジャマ姿でぐだぐだしていた母に思いっきり驚かれた。

実のところ、まだ斎賀さんとお付き合いを始めたことは、二人に話していなかった。

「えーと……一応、お付き合いを始めたばかりの男性と……」

「お付き合い⁉　珠海が⁉」

話の途中だが、まず母が声を上げた。その次にちゃぶ台の前に座ってテレビを見ていた祖母が、テレビそっちのけで私を凝視する。

「た、珠海……、相手の人はちゃんとした人なのかい⁉　騙《だま》されたりしていないだろうね⁉」

二人のその反応は、私があまりに男性と縁がなさすぎるがゆえだろう。

「大丈夫……同じ会社に勤務している人だから。ちゃんとした人だし、心配いらないよ」

「ちゃんとした人……!!　と、年はいくつなの？」

「三十三」

「いい感じの年の差!!　これは、もしかするともしかするわね……エ、エディさんにも連絡しないと!!　アッ、時差……!!」

急にあたふたし始めた母を見て、なんだかな、と思う。ちなみにエディさんというのは、私の父だ。名をエドワードという。

「そんなに慌てなくても……それにまだ本当に付き合い始めたばっかりなのよ。だから、なんていうか……もうちょっと見守っててほしいんだけど」

二人にお願いをしたら、こくこくと頷いていた。

「分かったわ。上手くやんなさいよ」

母が手をグーにして、ファイト！　とエールを送ってくる。

「う、うん……じゃあ、行ってきます……」

上手くやれと言われても、一体何を？　と疑問に思ってしまう。とはいえ、斎賀さんが迎えに来る時間が迫っていたので、私はショルダーバッグを肩から提げ玄関に向かう。

彼が来るまでずっとここにいるのも落ち着かないので、外で待つことにした。

空を見上げたり、少し先にある車道の方へ目をやったり、そわそわしながら斎賀さんを待つ。それから二分も経たないうちに斎賀さんらしき男性の姿が見えた。

今日の斎賀さんは普段と違ったラフな格好で、アンクル丈の黒いパンツに淡いブルーのボタンダウンシャツという姿。しかも、今日の斎賀さんは私と一緒で眼鏡をかけていない。

いつもと違う斎賀さんを目《ま》の当たりにした私は、激しい動悸《どうき》に襲われその場で固まった。

——ヤ……ヤバくない？　今日の斎賀さん、かっこよすぎるんですけど……!?

あんな格好いい人とこれから一緒に行動すると想像するだけで、まともな精神状態ではいられないのだが。

どうしようどうしよう……と思っているうちに、斎賀さんが私に気づいた。

「おはよう。早いな。家の中で待っててくれてよかったのに」

「おはようございます。いえ、外でお待たせするのも悪いので」

「そんなことないけど」

ふと顔を上げたら、斎賀さんと目が合った。その途端、斎賀さんの目尻が分かりやすく下がった。

「なんか……ヤバいな」

「え？　私、どこかヤバいですか？　変なところとかあったら言ってください」

ちゃんと出る前に姿見で確認してきたハズだけど。

不安になって、もう一度全身をチェックしようとしたら、何故か斎賀さんに苦笑される。

「違うから。変なところなんかないよ」

「でも……」

「今日の漆瀬さんが、可愛すぎるっていう意味だったんだけど」

「……え？」

斎賀さんの言葉に、息を呑んで目を丸くする。

「行こうか」

私に考える隙を与える間もなく、斎賀さんが歩き出す。それにハッとして、私は彼の一歩後ろをついていった。

初めてのデートに緊張はするけれど、相手が斎賀さんだから期待も膨らむ。

今日一日で、私はどんなこの人を知ることができるだろう。それを思うと楽しみで仕方ない。

斎賀さんは、この間も停めたコインパーキングに車を停めていた。私を助手席に座らせた彼は、そのまま郊外へ向かって車を走らせた。

「今日はいくつかプランを練ってきたんだけど」

「はい」

企画開発部にいるだけあって、そういうところはきっちりしているのかもしれない。

彼からいくつかのプランをプレゼンされる。私はその中から、少し離れた場所にある大きな公園に行くプランを選んだ。

「ちなみに、なんで公園にしたの？」

そう聞かれて、理由を説明する。

「どのプランも素敵だったんですけど、のんびりゆったりした空間を体が求めていたので。お恥ずかしい話、私、休日はほぼ家でゴロゴロしているので、たまには外に出て体を動かしたいなって」

私の話を聞いた斎賀さんが、クスッと笑う。

「あの……今、笑うところありました？」

「失礼……なんというか、漆瀬さんは本当に外見と中身が違うなと。もちろん、いい意味で言ってるんだけど」

口に拳《こぶし》を当てて、斎賀さんがフォローする。

いいのだ。そうした評価はいつものことなので慣れている。

「外見は派手ですけど、中身は暗いので」

「いや、暗くないよ。それに、いい意味でって言っただろ？　俺も休日は、買い物以外で家から出ないから、同じだと思ったんだよ。気が合いそうだ」

気が合うなんて言われたら、嬉しくなる。

「斎賀さんも、家にいるのが好きなんですか」

「そうだね。最近はなんでもネットで買えるし、食事もデリバリーがあるから便利だ」

「へえ……」

少なくとも私よりはアクティブなんじゃないかと勝手に思い込んでいたので、意外だった。でも、斎賀さんの新たな一面を知ることができて、ますますテンションが上がった。

「漆瀬さんはゴロゴロする以外、休みの日は何してるの」

――ゴロゴロする以外？

少し考えてから、口を開いた。

「部屋で趣味に没頭しています」

「趣味って?」

「……手芸とか、フェイクスイーツアクセサリーを作ったりです」

「フェイクスイーツ?」

私はバッグにつけていた自作のアクセサリーを斎賀さんに見せた。

「これです」

それは、紙粘土で作った色違いのマカロンを二つ繋げて、市販のチャームを付けてストラップにしたものだ。

私が彼の顔の横にストラップを掲《かか》げたら、正面を向いていた斎賀さんがちらっとこちらに視線を寄越した。

「上手いな。本物みたいだ」

「ありがとうございます。でも、近くで見ると、ところどころ作りが粗いんですけど」

「いや、そういうのも含めて味があっていいと思う」

——斎賀さんが褒《ほ》めてくれた……!

今までは気恥ずかしくて、作品を作っても家族や仲のいい向井さんくらいにしか見せたことはなかった。それを、好きな人に褒《ほ》めてもらえたことが、すごく嬉しかった。

「……あ、ありがとう……ございます。嬉しいです」

——やばい。嬉しすぎて顔が緩む……

私はグッと顔に力を入れて、緩みそうになる表情筋を必死に保つのだった。

そんな感じで、萎縮《いしゅく》することも緊張することもなく、二人きりの車の中には、緩ーい空気が流れている。

斎賀さんといて心地いいと思うのは、こういうところなんだろうなと思った。

これはきっと、斎賀さんとたくさん接したことがある人にしか分からない空気だと思う。

もっと斎賀さんの良さをみんなに知ってもらいたい。でも、良さを知る人が増えることで、彼を好きになる女性がたくさん現れてしまったら……

複雑だ……と頭を悩ませているうちに、車が公園の駐車場に到着した。

天気のいい休日ということもあり、駐車場はすでに半数は埋まっている。

「やっぱり休日だから人が多いですね」

「そうだね。まあでも、これくらいならまだ少ない方かな」

斎賀さんがラゲッジルームからレジャーシートを取り出した。それを手に、青々と芝生《しばふ》の広がる広場の端っこにある木の下にレジャーシートを敷き、そこに腰を下ろす。

「漆瀬さんもどうぞ」

斎賀さんに促《うなが》され、私もレジャーシートに腰を下ろした。

うーんと背伸びをして、周囲に広がる緑を眺めているだけで、魂が洗い流されるように清々《すがすが》しい気持ちになる。

「はー……気持ちいいですね。斎賀さんは、ここにはよくいらっしゃるんですか？」

私の隣で長い足を投げ出して座っている斎賀さんに尋ねた。

「よくでもないけど、煮詰まったり鬱々《うつうつ》としたりした時に来るんだ。芝生《しばふ》に寝転んで本を読んだりして、だらだら過ごすかな」

寝転んで本を読んでいる斎賀さんを想像してみた。イケメンだから何をやっても様になる。

「……一人でいると、声をかけられたりしません？」

ふと、気になって尋ねた。しかし斎賀さんは、不思議そうな顔をする。

「しないよ。よく声をかけにくいって言われるし。それは俺より漆瀬さんでしょう」

「私ですか？」

「一人でいると、声をかけられるんじゃない？　男に」

「……た、たまにですかね……でも、以前よりは減りましたよ」

あまりいい思い出のない話題に、つい体育座りして膝を抱えた。

「今まではそういう時、どうやって回避してたの」

「ええと……そうですね……外を歩いている時に声をかけられたら、近くのショップに入ったり、誰かと一緒に来ている振りをしたりしました。よっぽどしつこい場合は、交番に駆け込んだり……かな」

「交番」

斎賀さんがギョッとしたので、慌ててフォローする。

「最近はないですよ。出かける時も、ほぼノーメイクでマスクして出かけてるので」

「もし何かあったら、次からは俺に連絡してくれていいから。いつでも構わない」

「え？」

斎賀さんがレジャーシートに寝転んだ。

「俺を頼って」

隣に寝転ぶ斎賀さんを見つめたまま、私の心臓が押し潰されそうなほど締め付けられる。

さりげないその一言が私をどれだけ喜ばせているか、斎賀さんは分かっているのだろうか。

――すごく、すごくこの人が好きだ。

「斎賀さん……」

「ん？」

「好きです」

気持ちが溢《あふ》れて、気づけば口から言葉が出ていた。

私が突然そんなことを言ったものだから、斎賀さんがブッ!!　と噴き出した。心なしか、彼の耳が赤くなっている気がする。

「漆瀬さん。不意打ちはやめてくれ」

「す、すみません、なんかどうしても気持ちを伝えたくなっちゃって。こうして斎賀さんと一緒にいられるのが幸せだなって……」

体育座りをしている膝に頬をぴったりくっつけ、斎賀さんを見つめた。

「斎賀さん。大好きです」

嬉しくてもう一度言うと、斎賀さんが顔を手で覆《おお》った。

「……あのね……」

おもむろに彼が上半身を起こす。

「君は俺を殺しにかかってるのかな？」

「え？　殺すわけな……」

何を言ってるのだろう、と疑問に思うのとほぼ同時だった。斎賀さんの顔が近づいたと思った瞬間、唇に柔らかい感触が触れる。すぐに離れていったそれは、どう考えても斎賀さんの唇だ。

あっという間に終わってしまったけれど、初めてのキスだった。

「そういうこと言うと、抑えが効かなくなるので。今後は気をつけるように」

――お、抑えが効かないって……何⁉

でも、きっと私が何かやらかしたんだろうな、これは。

――こんな場所で好きって言うのはまずかったかな……でも、今のはキスだよね？　初めてだったのに、短くてあっという間に終わっちゃった……

もっとしたい、と思うのははしたないことだろうか。

「す……すみません……でも、あの……今のをまたしてもらうにはどうしたら……」

「……また後で」

珍しく斎賀さんが思いっきり照れているのが分かった。それを見た私も、どこに視線を持っていったらいいのか悩んでしまう。

――一瞬だったけど、斎賀さんの唇、柔らかかったなあ……

初めてのキスの余韻に浸《ひた》りながら、しばらく緩い公園デートを続けたのだった。


公園を出た私達はカフェでランチをし、その後は近くの商業施設の中をぶらぶらすることにした。

アパレルショップや雑貨店、飲食店なども入る商業施設の中を当てもなく歩く。周りは家族連れやカップル、仲の良さそうな若い女性グループなどが多く、皆それぞれに休日を楽しんでいるようだった。

――こういう場所に来た時って、どうすればいいの……相手に合わせるべき？　それとも自分が見たい場所を言うべき？

「斎賀さん、どこか行きたいところとかありますか？」

まったく分からないので、とりあえず相手に聞いてから考えよう。

「んー……これといってないな……いいよ、漆瀬さんが見たいところで」

「いいんですか？　女性ものの店でも」

「いいよ。というかメンズの店には極力君を連れて行きたくないので」

連れて行きたくない。という言葉にショックを受けた。

なんでだろう？　とつい表情が曇る。すると、そんな私の心情を素早く察知したらしい斎賀さんが少し早口で言葉を付け足した。

「メンズの店に連れて行きたくないのは、君を他の野郎に見せたくないからだ。くれぐれも誤解しないように」

「ほ、他の野郎に……」

「復唱しなくていいから」

ぴしゃりと言われ口を噤《つぐ》む。でも、言われた言葉が何度も頭の中でリピートする。

——これって……や、やきもち？　やきもちなのかな……

好きな人に妬《や》いてもらえるのが、こんなに嬉しいとは思わなかった。

「何、笑ってんの」

「いえ……なんでもありません」

自然に顔が笑ってしまうのを止められないまま、私達はしばらく建物内を見て回った。

買い物をするのはほぼ私で、斎賀さんは完全に私の買い物に付き合う感じになってしまった。

数店舗を見て回った結果、斎賀さんの腕にはいくつものエコバッグとショップバッグが提げられている。さすがに荷物持ちをさせた状態でずっと歩かせるのは申し訳なくて、休憩を兼ねて商業施設のフロア内にあるカフェに入った。

「なんか……すみません。私ばっかり買い物しちゃって」

席でアイスコーヒーとアイスカフェラテを注文した後、自分の買い物に付き合わせてしまったことを斎賀さんに謝った。

「謝ることなんかない。欲しいものが見つかって良かったじゃないか」

「そうですね……普段あまりこういうところに来ないので、楽しくて財布の紐《ひも》が緩んじゃいました。連れてきてくださって、ありがとうございます」

素直にお礼を言うと、斎賀さんの口元がゆっくり弧《こ》を描いた。

「どういたしまして。こんなことで喜んでもらえるなら、いくらでも」

微笑む斎賀さんは、本当に綺麗な顔をしていると思う。当然、女性客の多い店では、必要以上に斎賀さんは目立っていた。

なんせ身長があるしイケメンだ。体形だって、細身ですらっとしているけど弱々しい印象のない斎賀さんは、ただ立っているだけでも自然と目が行ってしまう。

女性達が見てしまうのも、当然だろう。

「お茶の後は、斎賀さんのお買い物に付き合いますよ」

私ばっかりじゃ申し訳ないと思って提案するが、斎賀さんは「いや、いい」と、けんもほろろな答え。

「俺の買い物なんか楽しくないから」

「ええ……断言ですか？　ちなみに、どんなものを買いに行くんです？」

思わず食い下がったら、斎賀さんがため息をつきつつ、教えてくれた。

「……自作ＰＣのパーツとか、車に取り付ける部品とか。女性からすると、あまり楽しくないものばかりなので」

「あの、私はどこへ行くかよりも誰と行くかに重点を置いているので、斎賀さんと行くなら楽しいと思います」

驚いたような顔をしている斎賀さんに、笑顔を返す。それを見た斎賀さんが、何故か口元を覆《おお》いながら天井を見上げた。

「あのね……漆瀬さん」

「はい」

「そう何度も、不意打ちで俺を殺そうとするのやめてくれる？」

「仰《おっしゃ》っている意味がよく分かりませんけど」

「まあいいや。でもありがとう。じゃあ、今度買い物に付き合って」

「はい……」

運ばれてきたアイスコーヒーとアイスカフェラテを飲みながら、たわいのない話をする。それだけでものすごく幸せで、時間がこのまま止まればいいと思った。

だけど、楽しい時間ほどあっという間に過ぎてしまう。

「そろそろ帰ろうか」

駐車場に停めてあった車に乗り込んですぐ、斎賀さんが言った。えっ？　と思って時計を見ると、時刻はまだ夕方の四時過ぎ。帰路に就くにはまだ早いような気がする。

――もう終わり……？　もうちょっと一緒に居たいんだけどな……

私が目で訴えると、それに気がついた斎賀さんが首を傾げる。

「何。どうかした？」

「いえ……もう終わりなのかなって思って……あの、うちはそんなに門限にうるさくないので、少しくらい遅くなっても大丈夫ですよ」

「だめ」

ぴしゃりと拒絶された。

「初めてのデートで、いきなり夜遅くまで連れ回すのはどうかと。漆瀬さん初心者でしょ？」

「そう、ですけど……でも私、二十八歳ですよ……？」

子供じゃないんだから別にいいのにな、と心の中で不満を漏らす。

「じゃあ、言い方を変えようか」

運転席の斎賀さんが、改めて私の方へ向き直った。

「夜まで君と一緒にいたら、俺の理性が保てそうにない。だから、今日は明るいうちに帰しておいた方が賢明かなと」

まったく想定していなかった答えに、私は目をパチパチさせた。

――り、理性……？　理性って、それは……

「え、あ、の……それは……」

彼の言わんとしていることを察して、一気に心臓がバクバクしてきた。お付き合いをするということは、そういうことが自然と付いてくる。分かっていなかったわけじゃないけど、改めてそれを匂わされると動揺してしまう。

「ね。だから今日は、大人しく帰ろうか」

「はい……」

すみません……と小声で謝ったら、斎賀さんに笑われた。

「謝ることじゃないのに」

「でも、今どき十代の子だって動揺しませんよね。それなのに……いい大人が子供みたいで申し訳ないです……」

好きな人の前でこんな風に動揺するくらいなら、十代の頃にもっといろいろ経験しておくべきだったのかもしれない。今になって、波のように後悔が押し寄せてくる。

――馬鹿だな、今頃気づくなんて。

はあ～……とため息をついて項垂《うなだ》れる。すると、頭の上にポン、と大きな手が乗った。

「子供には欲情しないから大丈夫。君は大人の女性だよ」

「よくじょ……斎賀さん、私に欲情してるんですか⁉」

思わず口に出してしまったら、また笑われた。

「漆瀬さん……今日一日で、俺を殺しにかかるの何度目だよ」

「い、いえ……今、殺されかけたのは私ではないかと……」

そんなやりとりをしながら、斎賀さんが駐車場から車を出した。すっかり油断していた私は、斎賀さんがぽつりと漏らした言葉に、うっかり殺されかける。

「あんなこと言っておいてなんだけど」

「はい？」

「近いうちに、君を抱きたい」

あまりにもはっきりと口に出され、無言のまま斎賀さんを見つめた。

男性とのお付き合いで、そういうことを意識していなかったわけではない。でもやっぱり、しっかりと口に出されたら、さすがに動揺する。

「俺も健康な三十三歳の男なので、やっぱり好きな人とは心だけでなく、体でも繋がりたい。そう思うのは自然なことだと思うから」

——自然なこと……

私は声が出なくて、斎賀さんをただ見つめた。そんな私を、彼はちらっと横目で確認する。

「一応、心積もりだけはしておいてほしい」

「……は、い……」

言葉ではそう返事をしたけれど、体は違う。

なんというか、欲望が爆発したみたいになって、それが熱となって私の体温を上げていく感じ。

全身が火照《ほて》ったように熱いし、何故か下腹部が疼《うず》いている。

たぶん私も、斎賀さんに欲情しているのだと思う。

斎賀さんの言葉じゃないけど、なんかもう、本当にいろんな意味で殺されそうな気がした。

帰り道はそのことばかり考えてしまい、景色を見ている余裕もなかった。

そうして、夕方の六時には家の近くに到着し、彼は朝と同じコインパーキングに車を停めた。

二人きりでいられるのもここまで。そう思った途端、離れがたい気持ちが湧き上がってくる。

だからきっと、私はあんなことを口にしてしまったのだと思う。

「じゃ、家まで送……」

車から出ようとする斎賀さんの腕を咄嗟《とっさ》に掴むと、彼が驚きの眼差しでこっちを向いた。

「どうした？」

心配するような優しい声音に、胸がときめいた。

「……さっきの、続きを」

「え？」

「また後でって言ったじゃないですか……あの続きを、してくれませんか……」

斎賀さんのダークブラウンの瞳が、微かに揺れている。

「珠海」

初めて名前を呼ばれて全身が小さく震えた。

運転席から伸びてきた手が私の頬を包み込み、ゆっくりと彼の顔が近づいてくる。

自然と目を閉じると、唇に柔らかな感触が下りてきた。

柔らかい唇の感触を確かめる前に、唇を割って彼の舌が差し込まれた。それに驚いて身を固くすると、奥に引っ込んでいた舌を誘うように肉厚な舌が絡められる。

「ん……っ」

おずおず舌を出すと、それを吸い取られそうな深いキスをされた。角度を変えて何度も何度も。

――何、これ……

浅い呼吸を繰り返しながら、必死にキスに応じた。

荒々しく私の口腔《こうこう》を犯す肉厚な舌と、頬から耳の辺りに添えられた大きな手に、否応《いやおう》なく斎賀さんが男性であることを思い知らされる。初めて経験する感覚に激しく胸が騒いだ。

自分の手の持って行き場が分からなくて、目の前の斎賀さんの胸元に触れる。その手を伝い、彼の心臓が自分と同じくらい激しく脈打っていることが分かって、少しだけホッとした。

自分だけじゃない。彼も同じ。そう思うと愛しさが増す。

私は彼の胸に縋《すが》り、彼の舌におずおずと自分のそれを絡める。たぶん下手くそだけど。でも、斎賀さんはそれに応《こた》えてくれた。

「は、あ……っ」

全身が燃えるように熱い。

——この熱をどこへ持っていけばいいの？

そんな疑問を考えていると、不意に斎賀さんの唇が口から横に逸れた。

それは頬から耳へ、耳から首筋へとキスをしながら場所を移動していく。首筋を軽く吸い上げられると、くすぐったさに、たまらず身を捩《よじ》った。

「ん……さ、斎賀さ……」

「いや？」

首の辺りから聞こえてくる斎賀さんの低い声に、ゾクッとした。

「……いや……じゃないです……」

顔を上げた斎賀さんと、至近距離で見つめ合う。

心臓の音が最高潮に大きくなっているのは分かっていた。でも、彼から目を逸らすことができない。それどころか、もっと近くでこの人を見たいし、触れたい。そう思ったら、無意識のうちにまた彼の唇に自分のそれを重ねていた。

さっきしたことをもう一度、復習するように繰り返す。舌を差し出すと、すぐに絡め取られ、深いキスになった。

舌を絡める度に艶《なま》めかしい水音が頭に響く。私達がいるのは車の中だということを忘れたわけじゃない。だけど、止めたくなかった。

でも、さすがにそういうわけにもいかない。それを先に思い出したのは斎賀さんだった。

名残《なごり》を惜しむように、ゆっくりと唇が離れていく。

「……大丈夫？　なんか、体が熱いけど」

熱が出てるんじゃないよね？　と斎賀さんが私の額《ひたい》に手を当てた。

「だ、大丈夫です……そういうのじゃないので……」

キスが終わったことで一気に体から力が抜けていく。無意識のうちに斎賀さんの胸に倒れ込んだ。

「やっぱり大丈夫ではなさそうだな……ごめん。もう少し手加減すればよかった」

「いえ……そんな……」

彼は私を抱き締めながら、優しく背中を撫でてくれた。

もう帰らなくてはいけないのは分かっている。だけど、まだこの人と離れたくない。

——でも、初めてのデートで斎賀さんを困らせるわけにはいかないもんね……

「も……もう大丈夫です、ごめんなさい」

斎賀さんの胸に手を当て、そっと体を離した。

「そろそろ行きますね。あ、そうだ、荷物があるんでした」

「持つよ」

斎賀さんが先に車を降り、ラゲッジルームを開けて荷物を出してくれた。結局その荷物は、斎賀さんが家の前まで運んでくれた。

「す、すみません、何から何まで……」

「いいよこれくらい」

全ての荷物を受け取り、腕にかけた。これでデートも終わりなんだと思うと、いまだかつて経験したことがないくらいの寂しさが私を襲う。

「今日はすごく楽しかったです。美味《おい》しいランチもご馳走様でした」

食事代は、全て斎賀さんが出してくれた。ありがたいけど少し申し訳なくて、その時も言ったけど改めてお礼を言った。

「うん。また今度、何が食べたいか考えておいて」

「はい……分かりました」

「じゃあ、また」

「はい」

数秒見つめ合い、小さく微笑んだ斎賀さんが、軽く手を上げて元来た道を戻っていった。

——行っちゃった……

ほう……とため息をつき、私が家の方を振り返る。我が家の窓から母と祖母がじっとこちらを見ていることに気づいて、めちゃくちゃ驚いた。

「あああ⁉　な、なんで見てるのよ二人とも‼」

「なんでって、暗くなってきたからそろそろカーテンを閉めようかなって思ったら、玄関先にあんた達がいるんだもの。つい見ちゃうでしょうが」

母が当然でしょ、という顔で私を見てくる。その横で、祖母がほんのり頬を赤らめ斎賀さんが帰って行った方を見つめていた。

「なんか、綺麗な男の人だったわねえ……今のが珠海の彼氏なの？」

「う、うん……」

祖母に問われ、素直に頷く。彼氏、と改めて言われることにまだ慣れなくて、それだけでドキドキしてしまう。

「今の人が……私の彼氏なの……」

初めて自分の口で、はっきりと彼のことを彼氏と言った。

今まで経験がないから知らなかったけど、それだけで嬉しくて胸がほっこりする。

男性とのお付き合いは、私にとって初めて経験することばかりだ。

斎賀さんに【抱きたい】と、はっきり言われたことで、以前よりも彼を意識するようになってしまった。

それは具体的にいつなのか……そのことを考える度に、緊張でじっとしていられなくなる。

――こういう時って、どういう気持ちで臨《のぞ》んだらいいんだろう……

そんな、興奮と緊張が入り交じった状態が数日続いた。

でも、週末を終えて月曜日が来ても、一週間経っても、斎賀さんから次のデートの誘いはなかった。それどころか、恋人らしいことも何もないままだ。

「漆瀬さん癒《い》やしてくださいよ～」

他部署に届け物をした帰り。たまたま廊下で遭遇した上松さんが、私に近づいてくるなり、甘えた声を出す。

彼氏がいる身としては、やめてくださいと突っぱねるところなのだが、現状それが言えないのでどうしようもない。

「仕事、お忙しいんですか？」

近づいてくる上松さんを軽く手で押しのけつつ尋ねてみた。

「そうなんすよ、なかなか企画案が通らなくって。納期が迫ってきてるから、うちの部署、今みんなピリピリしてるんですよ」

どうやら本気で参っているらしい。

ため息をつく上松さんを見て、私までため息をつきたくなる。

「そうなんですね……」

このところ、斎賀さんからのメッセージはごくあっさりしたものばかり。帰宅時間も全然合わないので、帰りに一緒になることもない。

――原因はこれか……

寂しいけれど、仕事ならば仕方ない。そう割り切ろうとしていたら……

「ねえ、漆瀬さん、俺達友達でしょ？　友達なら一緒にお茶飲んで話を聞いてくれてもいいんじゃないですか？」

「え」

冗談とも本気ともつかない上松さんの提案に、私は困惑して眉根を寄せる。

「ね。なんなら、今日は無理矢理仕事切り上げるんで、一緒に食事に行きませんか？　友達なら問題ないですよね？」

「そ、れは……」

返答に困っていると、カツカツとヒールの音が近づいてくるのが聞こえた。咄嗟《とっさ》にそちらを見ると、女性社員が私達に歩み寄ってきた。

「上松くん。こんなところで何やってんの？」

すらりとした体にパンツスーツがよく似合う、きりっとした顔立ちの女性だ。彼女は確か、私より年上の倉科《くらしな》さん。ストレートの長い髪を一つに束ねた彼女は、私をチラッと見て軽く一礼した。

「企画開発部の倉科です。総務の漆瀬さんですよね？　お名前はかねがね伺《うかが》ってます」

お名前はかねがね～のあたりに、若干の棘《とげ》を感じた。

「はい、お疲れ様です」

会釈《えしゃく》をしたら、彼女の視線が私から上松さんに移った。

「上松君、のんびりしてる暇なんかないでしょ。早く戻って」

「ちょっと息抜きしてただけですよ……じゃ、漆瀬さん、また！」

口を尖らせながら部署に戻っていく上松さんにホッとする。しかしすぐ、倉科さんが「漆瀬さん」と私に声をかけてきた。

「この前、うちの部署で上松君に告白されてましたけど、お付き合いするんですか」

口調は柔らかいが、目が笑っていない。

「いえ！　あの、その節はお騒がせしてすみませんでした」

慌てて頭を下げるも、倉科さんの視線は冷たいままだ。

「上松君、こっちに異動になってまだ間もないっていうのに、何やってるんですかね。あなたみたいな超美人に惚れちゃうなんて、無理もいいとこなのに」

「いえ、そんなことは……」

「だって、漆瀬さんって誰に告白されてもＯＫしないって聞きましたよ。男の人が嫌いなんだと思ってましたけど、違うんですか？」

嫌な言い方に、胸が痛む。

「……決してそういうことではないのですが……」

どう説明していいか分からず言葉を濁《にご》す。しかし、それが倉科さんの気分を損ねてしまったらしい。表情が一気に険《けわ》しくなった。

「あー、つまり一定条件を満たしていないと眼中に入らないってことですか？　社長とか、御曹司とか、医者とか？　それくらいの人じゃないと、相手にするまでもないって感じなんですかね？」

まさかほぼ初対面の相手から、そんなことを言われるとは思わなかった。

こんなの、ある意味ぶちギレた時の上松さんと同じではないか。

「そんなことないです！」

「じゃあなんで将来有望な上松君を振ったんです？　いつも明るくて元気で、仕事もできる素敵な男性、そうそういやしないのに。彼、あなたに振られた後、本当に落ち込んでたんですよ。見ていて痛々しいくらい」

私に怒りをぶつけてきた倉科さんだが、その内容にハッとする。彼女はもしかして、上松さんのことが好きなのかもしれない。そう思った。

「モテるあなたには分からないと思うけど、もうちょっと振られた相手のことを考えてください。私が言いたいのはそれだけです」

じろり、と一睨《にら》みすると、倉科さんは部署に戻っていった。

――振られた相手のこと……か……

彼女に指摘されなくとも、斎賀さんに振られた時に嫌というほど思い知った。

やるせない気持ちが、ずしっと重くのしかかる。

好きな人が落ち込んでいる姿を見て、怒りをぶつけたくなる気持ちは分からなくもない。

——男と女って、難しい……

私はため息をつきながら部署へ向かって歩き出したのだった。


それから数日を経た金曜日の夜。

夕食を終えた私が部屋で趣味のフェイクスイーツ作りをしていると、斎賀さんからメッセージが送られてきた。

スマホの画面に表示された斎賀さんの名前を見た瞬間、捏《こ》ねていた粘土を放り出し、急いでスマホを手にした。

【明日会える？】

彼からの誘いに胸が躍った。すぐさま【はい】と返事を送り、この前みたいなデートを思い浮かべていると、またメッセージが来た。

そこには【うちに来る？】と書かれていて、それを見たまま数秒フリーズした。

——う……うち？　うちって……斎賀さんの部屋ってことだよね……？

まさかお部屋に呼んでもらえるとは思わなかった。もちろん男性の部屋になど、これまで入ったことがない。

外に二人で出かけるのとはまた違った緊張を感じた。私は、何回か深呼吸をしたのち【はい】と返した。数秒後。【明日迎えに行く】とメッセージが返ってきた。

あっさり彼の部屋に行くことが決まり、私はスマホを持ったまましばらくボーッとしていた。

これが夢見心地、という心境かもしれない。

――斎賀さんのお部屋って、どんな感じだろう……

ぼんやりと部屋をイメージしながら、その夜はずっとふわふわしていた。

そして迎えた翌日。昼前の指定された時間ぴったりに、斎賀さんが我が家のインターホンを慣らす。それに反応して荷物を持って出ようとしたのだが、先に母が玄関に向かってしまった。

――あっ！　ちょ……お母さん、早っ……!!

「おはようございます！　珠海の母です～。いつもお世話になっております～」

「おはようございます、斎賀陣と申します。こちらこそ珠海さんには……」

二人が話しているのが聞こえてきて、やばい、と焦る。壁に掛かっていた鏡で軽く顔と髪をチェックしてから玄関に急いだ。

私が玄関手前まで来ると「それじゃ、失礼します～」と入れ替わりで母が家の中へ戻っていく。

どんな話をしていたのだろう……と悶々《もんもん》としながら玄関に視線を移すと、お休みモードの斎賀さんが立っていた。今日の斎賀さんはグレーの半袖ポロシャツに濃いブルーのデニム。眼鏡はある。

二回目とはいえ、いつものスーツ姿とは違う斎賀さんにドキッとする。

「お……おはようございます」

「おはよう。それは……」

彼の視線が、私が肩から提げているクーラーバッグに注《そそ》がれる。

「あ、はい……ご自宅にお邪魔するのに手ぶらはちょっと、と思ったのでお昼に食べるものをいろいろ作ってみました。祖母にレクチャーしてもらったので、味は問題ないと思うのですが……」

とかなんとか言ってるうちに、だんだん不安になってきた。二回目のデートで手作りのお弁当を作るなんて、重たいと思われたかもしれない。

――確認してから作ればよかったかも……

後悔し始めたあたりで、斎賀さんがスッと手のひらを私に差し出す。意味が分からず、手と斎賀さんの顔を交互に見ていたら、笑顔で「持つよ」と言われた。

「ありがとう。今から食べるのが楽しみだ」

お礼を言われ、ホッとして自然と顔が緩む。

「……お口に合うといいのですが」

「君が作ってくれたものが、口に合わないはずがない。じゃあ、行こうか」

私の代わりにクーラーバッグを肩から提げ、先に玄関を出て行く。

彼の背中を見つつ、パッと後ろを振り返ったら、ちょうど母と祖母がキッチンの入り口からこちらを窺《うかが》っていた。

「じゃ、行ってきます」

「はーい、行ってらっしゃーい！」

母は満面の笑みで私を送り出してくれる。そういえば、さっき斎賀さんと何か話していたようだけど、何を話していたのだろう。つい気になって、車に乗り込んですぐ、聞いてみた。

「普通に挨拶《あいさつ》をしただけだ。今日はよろしくお願いしますって」

「それだけですか？　母、変なこと言ってませんでしたか？」

「変……？　いや、別に……なんで？」

真面目に聞き返されて、返事に困る。

どうやら母は、この前斎賀さんを見て、いたく気に入ったらしく、どうにかして私と結婚させたくて仕方がないらしいのだ。

別にその気持ちは嫌じゃないし、私だって斎賀さんと結婚できたら幸せだろうと思う。でも、まだ付き合って間もないのに結婚の話なんか出されたら、きっと斎賀さんは嫌がるはず。

それが分からないほど私だって疎《うと》くない。だから、母がうっかり結婚のことを口に出していないか、気になったのだ。

「いえ、何もなければいいんです。それよりも」

私は笑顔で話を逸らす。

「今日はどうして部屋に誘ってくださったんですか？」

誘われてから疑問に思っていたことを尋ねてみると、斎賀さんが少しだけ目を細めた。

「出かけてもよかったんだけど、もっと緩い感じで君と一緒に休日を過ごすことを考えたら、これしか浮かばなかった」

「なるほど」

確かに毎週買い物に行ってもそんなに欲しいものもない。それに外食はお金もかかる。彼の言うことはもっともだと思った。

「ごめん。企画の仕事をしているのに、あまりいいデートプランを提案できなくて」

そんなことを口にする斎賀さんに、クスッとしてしまった。

「そんな、気にしてません。それどころかご自宅に誘ってくださって嬉しかったです」

「ほんとに？」

「はい。私、男性が一人暮らしをしているお部屋に行くのが初めてで、なんというか……興味があったので」

素直な気持ちを伝えたのだが、斎賀さんは何故か、数秒黙り込んだ。

「……あまり、面白い物はないと思うんだけど。大丈夫だろうか」

「へ？　大丈夫って、何がですか？」

「いや、部屋を見て幻滅されたりとか……」

「そんなことあるわけないです」

クスッとすると、斎賀さんも「だったらいいか」と笑った。

家での過ごし方などを話しているうちに、車がマンションの敷地に入っていく。少し進んだところに駐車場があり、その一角に斎賀さんが車を停めた。

最上階はおそらく十数階。世帯数もそこそこありそうな大きなマンションだ。敷地内を歩いているのは子供連れの家族だったり、高齢のご夫妻だったり様々だ。

「……ここって、ファミリー向けの物件なんですか？」

車から荷物を下ろしている斎賀さんに尋ねると、そう、という返事があった。

「ファミリー向けの分譲マンションだけど、いろいろなタイプの部屋があってね。俺は二ＬＤＫの部屋に住んでる。本当はここ、元々知り合いの持ち物だったんだ。手狭になったから売るって聞いて、俺が買ったの」

「そうなんですね」

エントランスに向かいながら、興味深くて周囲を眺めてしまう。ここが斎賀さんの住むマンションだと思うだけで、なんだか理由もなくドキドキした。

エントランスの自動ドアを抜け、更にもう一枚の自動ドアを抜けると、そこからエレベーターに乗って彼の部屋へ向かう。

「どうぞ」

ドアを開けた斎賀さんが、先に私を部屋に入れてくれる。玄関のシューズボックスや、廊下や壁や床まで全部白で揃えられた空間に、目をパチパチさせる。

「白いですね」

「ああ……確かに」

茶色の多いうちとは対照的だ。と思いながら靴を脱ぎ、部屋に上がらせてもらう。なんとなく斎賀さんの香りがして、彼の部屋であることを強く意識させられた。

真っ直ぐリビングに向かった斎賀さんは、そのままリビングと隣接している対面キッチンの作業台にクーラーボックスを置く。

リビングはおそらく二十畳ほど。ダイニングテーブルはなく、ソファーの前に大人四人が囲めるくらいのテーブルが置かれている。きっとここで食事を取ったりしているのだろう。

白一色の玄関と違って、こちらは黒やダークグレーで揃えられている。男の人の部屋だな、と思いつつ、リビングの一角に大きな観葉植物があったりするのが、ちょっと意外だった。

「もしかして、すごくたくさん作ってくれた？　結構、重いけど」

笑顔で問われ、ハッとする。

「あっ。すみません。私、ついいつもの感覚で大量に作っちゃって……。余ったら夕食に回すとか、お弁当に入れればいいやって」

「開けてみてもいい？」

「ど……どうぞ」

頷くと、斎賀さんはすぐにクーラーボックスを開けた。中から出て来たのは、だし巻き玉子とポテトサラダ。ハムとチーズを挟んで焼いたホットサンドに、一口で食べられるよう小さめにしたハンバーグと鶏の唐揚げだ。

「すごいな、こんなに作ってくれたの？　大変だったんじゃない」

「いえ、そんなことは。あ、あとスムージーもあるんですよ。小松菜とケールに、バナナとリンゴを入れて飲みやすくしたものなんです。朝、時間がない時は、これで済ませたりしてて……お口に合うか分かりませんが、もしよければ」

保冷機能のある水筒に入れてきたスムージーを、顔の横に掲《かか》げた。男性はあまりこういうものを飲むイメージはないけど、手軽に栄養補給ができる優れものなので作ってきた。

大量の料理とスムージーを前に、斎賀さんは最初、呆気にとられていたようだった。でもすぐに、表情を緩めて笑ってくれた。

「こんなにたくさんありがとう。でも、さすがに昼だけじゃ全部は食べきれないな」

「あ、じゃあ、夕飯にしてください。もしくは明日の朝ご飯にでも……」

「そうだね。君も一緒に食べるでしょ。夜もよければ」

斎賀さんがキッチンのカウンターに手をつき、私を見る。

「えっ、私も……ですか？　夜までいていいんですか？」

「もちろん。なんだったらずっとここにいてくれたっていいよ」

「そ、それは……」

本気で照れそうになったらすかさず冗談だよと言われ、肩透かしを食らった。

――なんだ……この家で暮らすことを本気で考えちゃったよ……

気を取り直して、今食べる分以外の料理を冷蔵庫にしまった。

一人暮らしにしては大きすぎるサイズの冷蔵庫の中は、必要最低限の調味料と飲み物くらいしか入っていない。

「斎賀さん、お料理とか全然しない人ですか」

「そうです、しない人です」

すかさず肯定され、笑いつつ冷凍庫の中も覗《のぞ》いてしまう。案の定、ロックアイスとアイス枕くらいしか入っていなかった。

「冷凍食品も食べないんですか？」

「そうだね」

「じゃあ普段のお食事ってどうしてるんです？」

そういえば以前、デリバリーが便利だと言っていた。ということはまさか、家での食事がほぼデリバリーだったりして……いや、まさかそんな。

私の質問を受けて、お皿と割り箸《ばし》をテーブルに置きながら、斎賀さんが「んー」と考える。

「マンションを出て駅に向かう途中にあるカフェでコーヒーを飲みつつ、適当にサンドイッチを食べて済ます……とか。もしくはデリバリー」

なんか、斎賀さんっぽいなあ、と思ってしまった。そして、やはりデリバリー。

「お仕事がある時もですか？」

「平日は、会社の帰りに定食屋に寄って食べたり、コンビニでサンドイッチを買ったり」

「サンドイッチばっかりじゃないですか」

呆れながら突っ込むと、斎賀さんがたまらない、という感じで噴き出した。

「そうだな。言われて初めて気がついた。手軽に食べられるんでつい」

「いや……自分で気づいてくださいよ……」

思わずこっちがため息をつきたくなった。

この前一緒に外食した時は、好き嫌いがなさそうになんでも食べていたから気がつかなかったけど、もしかしてこの人、食事にあまり興味がないのでは。

「斎賀さん、食事に興味ない人ですか？」

「ないね」

ズバリ指摘したら、すぐに笑顔で返事があった。

「でも、自分で用意するのが面倒なだけで、食べるのが嫌いなわけじゃない」

「わ、分かりづらい……」

テーブルの上に料理を並べながら、つい本音が零れる。っていうか、普段サンドイッチばっかり食べているのなら、何かご飯物を作ってくればよかった。今度はそうしよう。

「面倒な男で申し訳ない。呆れた？」

ペットボトルのお茶をコップに注《つ》ぎながら、斎賀さんが私を窺《うかが》ってくる。

「呆れてません。そういうところも含めて好きなので」

食事の準備が終わったので、ソファーに座っている斎賀さんと向かい合う床に正座する。

彼は口元を手で押さえ、左斜め下の辺りをずっと見つめていた。

——そこに、何かあるのですか……？

私もつられて彼の目線の先を見つめるが、何も落ちていない。頭の中にクエスチョンマークが浮かんだ時、斎賀さんから「珠海」と、名前を呼ばれた。

「こっちに来て」

斎賀さんがポン、と自分の隣を叩いた。躊躇《ためら》いつつも、私は斎賀さんの隣に腰を下ろす。そんな私を、太股に頬杖をついた斎賀さんがじっと見つめていた。

「……名前で呼ばれるのは嫌？」

「どうしてですか？」

「名前で呼ぶと、君、一瞬ビクッてするだろ。嫌なのかなと」

えっ、そうなの。と素で驚く。そんなつもりはなかったのに。

私は小さく首を横に振った。

「い、いえ。嫌じゃないです。ただ、家族以外に下の名前で呼ばれることがあんまりないので、慣れないだけです。特に、私を名前で呼ぶ男性は父だけですから」

「なるほど、そういうことか」

斎賀さんが納得するように数回小さく頷く。

「だから、あの……」

「うん？」

斎賀さんの眉が微かに下がる。

「……ふ、二人きりの時は、名前で呼んでくださると嬉しいです。なんていうか、やっぱり名前で呼ばれると特別な感じがするので」

思いきって頭に浮かんだ希望を口にしてみた。

「分かった」

あっさり受け入れられて安堵していると、じゃあ、とすかさず返される。

「俺のことも名前で呼んで」

「え、名前で……」

「陣。名字より呼びやすいと思うけど」

――陣……

「じ、陣さん……」

なんだかとても特別なことを許された気がする。恋人だけの、特権のような。

彼の名前を口にしただけで、一気に顔が熱くなった。

あまりの恥ずかしさに、顔を手で覆《おお》ったままソファーに倒れ込んだ。

「何してんの」

「いやあの、恥ずかしくて……」

「こんなの別に恥ずかしくもないだろ。だったらこれ以上のことしたらどうなるの」

彼が口にした言葉に、ふと顔を覆《おお》っていた手をどける。

「これ以上のこと、ですか？」

斎賀さんが困り顔から、苦笑いになる。

「キスとか、それより先とか」

「えっ!!」

思いがけず声のボリュームが大きくなる。そんな私に、斎賀さんは変わらず苦笑いだ。

「や……あの……それは……」

「まだ無理？」

笑顔の斎賀さんに、私は小さく首を横に振った。

あれから考える時間がそれなりにあったので、覚悟はとっくにできている……つもりだったが、やっぱり面と向かってはっきり言われると、動揺してしまう。

でも、斎賀さんのことが好きで、好きだから先に進みたい。その気持ちだけは揺らがなかった。

「無理……じゃないです」

斎賀さんが無言のまま、じっと私を見つめてくる。

「私……大丈夫です。斎賀さんになら、す、全てを捧げられます……」

そう言うと、何故か斎賀さんが顔を手で覆《おお》った。

「捧げ……」

「え？　あの……私、何か間違えましたか？」

「……いや、間違ってない。君は正しい」

斎賀さんは静かに呟くと、スッとソファーから立ち上がった。

「珠海、こっちに来て」

手首を掴み私を立たせると、斎賀さんは何故かリビングを出ていく。どこへ行くのだろう、と思いながらついて行くと、彼は玄関から一番近いドアを開けた。

「えっ、えっ⁉」

そこは寝室だった。おそらくセミダブルくらいの大きさのベッドが置かれた空間に、私の緊張は頂点へ達する。

「い、いきなり……？」

再び狼狽《うろた》える私を見て、斎賀さんが申し訳なさそうな顔をする。

「ごめん。俺ももう我慢の限界でね」

「でも、食事は……」

あたふたしながら私が彼を見上げるのとほぼ同時に、斎賀さんの手が私の腰に巻き付いた。

「後で。その方が、きっともっと美味《おい》しく感じる」

「だけど……」

「はい、もう黙る」

四の五の言うな、という体《てい》で斎賀さんが私にキスをする。それは、可愛らしいバードキスではなく、いきなりディープなヤツだった。

「ふっ……」

斎賀さんの重みが私にかかり、徐々に背中が反《そ》っていく。というか、キスが激しすぎて、逃げ腰になってしまっているのかもしれない。

口の中を斎賀さんの舌が這《は》い回っている間、私はどうしていいか分からず彼のシャツをぎゅっと掴んで耐えた。

いつしか腰と後頭部に手が添えられ、しっかり体を抱き締められている。その状態で一歩、二歩と後ずさると、足がベッドの縁に当たりそのまま座り込んだ。

私の体を挟んで、斎賀さんがベッドに両手をつく。その間も、キスをやめる気配はない。

「さ、斎賀さ……その体勢、きつくないで、すか……」

こんな状況なのに、私は背の高い斎賀さんがずっと中腰でいるのが気になってしまった。

「きつい。倒していい？」

「はい……」

肩を押されてベッドに倒れ込み、そのまま真ん中まで移動すると、斎賀さんもベッドに上がってきた。すぐに組み敷かれる形になって、改めて彼と見つめ合う。

「もし、嫌だったら言って。途中だろうがなんだろうがやめるから」

「だっ……大丈夫です。やめたりなんか、しません……」

好きな人と一つになれる。そんな大事なことを途中でやめたりなんか絶対しない。

決意を胸に断言すると、斎賀さんが静かに眼鏡を外した。

「分かった」

眼鏡をベッドの端っこに置くと、斎賀さんが私の首の辺りに顔を埋《うず》めた。髪が頬をくすぐる感触に腰の辺りがそわそわする。しかし、すぐに首筋をチュウッと強く吸い上げられて「あっ！」と、声が出てしまった。

「可愛い声」

クスクス笑いながら、斎賀さんの唇が首筋から少しずつ移動していく。耳朶《じだ》をかぷりと食《は》まれ、耳介《じかい》をつつーと舌でなぞられて、左半身がビクビクと反応した。くすぐったくてもどかしくて、思わず足をジタバタさせてしまう。

「あっ、あ……っ、それ、ダメですっ……」

近くにある彼の二の腕をぎゅっと掴んで、イヤイヤと首を振った。それに反応して、一旦私から顔を離した斎賀さんが、じっと見つめてくる。

「ダメ？　やめる？」

少し笑い混じりの斎賀さんは、本気でやめようとは思ってなさそうだ。

「……やめ……ないでください……」

「うん。まあ、やめないけどね」

言いながらまた彼の顔が近づいてくる。反射的に目を瞑《つぶ》るとすぐに唇が合わさり、差し込まれた舌が縮こまった私の舌を誘い出した。

「……ふ……」

覚束《おぼつか》ない舌遣いで彼の動きに応《こた》えると、いっそう深く口づけられ舌を吸われた。繰り返しキスをしているうちに唾液が溢《あふ》れ、ピチャピチャといやらしい音を立て始める。

その音がやけに頭の中に響いて、今自分がいかに淫《みだ》らなことをしているか、まざまざと実感させられた。

ずっと縁遠いと思っていた恋をして、その人と今、こんなことをしている。

まるで夢の中の出来事みたいだと思った。

だけど、夢なんて思えていたのは、キスの間だけだった。

斎賀さんの手が私のワンピースの裾《すそ》を捲《まく》った瞬間、一気に現実へと引き戻される。

「手、入れても大丈夫？」

私を気遣い、斎賀さんが声をかけてくれる。今日着ているワンピースは、ふくらはぎが隠れるくらいの長さがあるロングワンピースだ。

「だ、大丈夫です……」

「じゃあ、これ頭から引き抜くよ」

そう言って、彼はワンピースの裾《すそ》を掴むと、それを一気に私の頭から脱がせた。

あっという間に私が身につけているのは、下に着ていた薄手のキャミソールとブラ、下半身はショーツのみになってしまった。自分の姿を見下ろしてカァッと顔が熱くなる。

――は、恥ずっ……

しかし、恥ずかしいと思ったのはほんの一瞬だった。私の脚の間で膝立ちをしていた斎賀さんが、着ていたポロシャツを脱ぎ、半裸になる。その途端、私の意識はそちらに集中した。

細いのに、均整がとれて締まっている肉体。お腹の辺りはバキバキに割れる、とまではいかないもののうっすら筋肉の線は見え、無駄な肉がほとんどない。

学生時代に見たクラスメイトのそれとは違う、初めて目《ま》の当たりにする大人の男性の半裸に、私の胸が激しくときめいた。

――斎賀さんの体、綺麗……

見ていろと言われたらずっと見ていられる。それくらい、綺麗な体だった。

そんな美しい肉体を持つ斎賀さんが、身を屈《かが》めて私と肌を合わせてくる。素早くキャミソールを脱がされ、背中に回された手でブラのホックを外される。胸の締め付けがなくなったと同時にブラジャーが腕から引き抜かれた。

「……白い」

目の前にふるりとまろび出た乳房を見て、斎賀さんが呟く。私は無言のまま斎賀さんを目で追うと、彼がそっと乳房に手を添えた。その手つきは、まるで壊れ物を扱うかのように、優しかった。

「なんか、力を入れたら壊れそうだな」

「そ、そんな簡単に壊れません……」

つい口を出したら、フッ、と脱力したみたいに笑われた。

「好きだから、特に優しくしたいんだ」

斎賀さんが乳房を手のひらで包みながら、そこの中心に顔を近づける。キスするように唇で先端に触れた後、そこを舌で転がすみたいに舐《な》めた。

「あ、ん……！」

ざらついた舌が先端を掠《かす》める度に、ピリッとした鋭い快感が全身を伝っていく。初めて経験する甘い痺《しび》れに、たまらず大きな声が出た。

「可愛いな」

また先端を舌で嬲《なぶ》りながら、もう片方の胸を大きな手のひらで掴み、揉み込んでいく。途中、硬くなった先端を指の腹で擦るようにグリグリされると、強い快感に襲われ腰が跳ねた。

「あ、ああん！　だめ、斎賀さん、それだめっ……」

イヤイヤと首を振り、胸の上からこちらを窺《うかが》う斎賀さんに訴えた。でも、彼の動きは止まらない。

「君はここが感じるタイプなのかな。じゃあ」

そう言うなり、斎賀さんは乳首を口に含み、ズッと音を立てて強く吸い上げた。反射的に声を上げると、今度は口の中で舐《な》めしゃぶられる。

「ん、あ……っ、やあっ、それっ……、んっ……！」

反対側の乳首は、指で摘まんでコリコリと擦られる。激しい快感の波に、下腹部がきゅうっと強く締まり、股間が濡れていくのを感じた。

――だめ、このままだと、おかしくなっちゃう……!!

体の中で生まれた得体の知れない何かが徐々に大きくなって、弾けてしまいそう。そんな感覚は生まれて初めてだった。

「だめ、私……おかしい、です……!!」

「大丈夫、おかしくなんかない。……イキそうなんだろう？」

そう言って、斎賀さんが強く乳首を吸って、甘噛みした。その刹那《せつな》。高まりつつあった快感が、一気に体の中で弾けた。

「んっ……、あッ――!!」

頭の中が真っ白になって、何も考えられなくなる。そして今度は、全身から力が抜けた。

――な……何……？

今、自分に何が起こったのかがよく分からなかった。戸惑う私の上から、斎賀さんが静かに上体を起こす。

「胸だけで達したんだ」

「へ……達する……？」

「オーガズムに達する、ってヤツな。胸だけでイケる人は少ないって聞いたことがあるけど、君は感度がいいのか、そこが性感帯なのかな」

「性感帯……」

これまでそんなこと、考えたこともなかった。

脱力したままぼんやりしていると、斎賀さんがショーツの上から股間に触れてきた。

「ふあっ⁉」

急に、他人に触れられたことがない場所を触られ、飛び上がりそうになるほど驚いた。でも、それより私が気になったのは、ショーツの中のこと。

「……これ、脱がせていい？」

両手で顔を覆《おお》いながら、コクコク頷く。ショーツの中の状態を見られるのは恥ずかしいけれど、ここまできたらもう、どうにでもなれという心境だった。

素早くショーツを足から引き抜かれ、膝を立てる格好で脚を開かれる。その間に体を割り込ませた斎賀さんが、股間に顔を近づけていくのでギョッとした。

「いや……やめて斎賀さん」

彼を止めようと体を起こすが、その動きを彼の手で制止された。

「大丈夫だから、君はそのままでいて」

そんなことを言われても、じっとしていることなんかできない。

「いや、でも……あの……ああっ!!」

動揺する私に構わず、斎賀さんが股間に顔を埋《うず》め、あろうことか蜜口の辺りをぺろりと舐《な》めた。

その時の衝撃は、言葉では到底言い表せない。

「ひあっ!?」

股間にグッと力を入れ、反射的に太股を閉じようとした。でも、彼の手によって阻《はば》まれてしまう。

彼の頭を見つめながら、私はただふるふると首を振ることしかできなかった。

「やだ、だめ、そんなとこッ……」

斎賀さんの舌はねっとりと蜜口から上に移動していく。襞を指で広げ、奥に隠れた蕾《つぼみ》を露《あら》わにすると、そこを重点的に舐《ねぶ》り始めた。

「あ、あッ……!!」

ざらついた舌がそこに触れる度、大きな快感が生まれた。その都度腰がビクビクと大きく震え、まるで自分の体じゃないみたいに制御が効かない。

――何、これ……っ、こんな……おかしくなる……!!

脚の間にある斎賀さんの舌から逃れようと、腰を浮かせて体を左右に捩《よじ》った。それでも逃げられず、与えられる快感に呼吸が荒くなり、体中が熱くなるのが自分でも分かる。

「や、やめてください……、私、もう……」

「もう、何？」

斎賀さんが顔を上げずに尋ねてくる。そこで喋《しゃべ》られると、吐息まで刺激になってビクッと体が震えた。

「そこで喋《しゃべ》らないで……!!　あ、や、あああっん!!」

そのまままた達してしまい、息を乱しながら脱力する。

「あっ、は、あ……」

ベッドにぐったり体を預け、両手で顔を覆《おお》った。ようやく股間から顔を上げた斎賀さんが、私を見て何故か嬉しそうに口元を緩めている。

「またイッた？　すごいな」

「すごい……？」

彼は何に対してすごいと言っているのか。言葉の意味が理解できなくて、まだぼんやりする目で斎賀さんを見つめた。

「感度がいい、ということかな。それとも相性がいいのか」

「相性……」

それは、私と斎賀さんの相性がいいということだろうか。だとしたら嬉しい。

自然と顔が緩みそうになった時、衣擦れの音が聞こえた。反射的にそちらを見れば、斎賀さんがデニムのパンツを脱いで黒いボクサーショーツ一枚になっているところだった。思わず、息を呑んでしまう。

――あ……

なんだか直視してはいけないような気がして、パッと目を逸らす。その間に彼は一旦ベッドから離れ、クローゼットから何かを取り出しベッドに戻ってきた。

なんだろうと思って視線をやると、避妊具だった。

「……興味ある？」

ベッドに腰掛け、避妊具の袋を破ると、斎賀さんが私を見る。どうやら、無意識のうちに彼の手元を凝視していたみたいだ。

「え？　あの……そういうわけでは……いや、ちょっとあり、ます……」

「正直だな」

クスッと笑いながら、斎賀さんがボクサーショーツを脚の付け根まで下げた。その途端目の前に現れた彼の分身に、思わず固まってしまう。

男性のそれが、どういう形状でどれくらいの大きさかまったく知らなかったわけじゃない。でも、いざ目にしたそれは、力強く反《そ》り返り、想像していたものよりかなり大きい。

――あれ……ホントに入るの……？

こういう時、どういう反応をしたらいいのか分からなくて目が泳ぐ。でも、そんな私の動揺など、斎賀さんには想定内だったのだろう。

「初めて見た？　まあ、そういう反応だよな」

「……す、すみません……」

「謝ることじゃない」

ショーツを脱ぎ捨てた斎賀さんがベッドに四つん這《ば》いになり、私に近づいてくる。

「珠海、舌を」

そう言われて素直に舌を出すと、あっという間にそれごと食べられるようなキスをされた。裸の彼の胸に手を当てながら私もお返しとばかりに彼の舌を吸い、強めに唇を押し付ける。すると今度は、私がしたよりもっと激しいキスが返ってくる。

呼吸が苦しくなって顔を背《そむ》けると、すぐに彼が追いかけてきてまた口を塞がれる。そういったことを繰り返しているうちに、脚に何か硬い物が当たっていることに気づく。

「あッ……」

キスの合間に息を深く吸い込んでいると、乱れた前髪を掻き上げながら斎賀さんが上体を起こした。

「力を抜いて」

「……え……？」

斎賀さんは私の膝を立て、軽く脚を広げた。脚と脚の間に自分の体を入れると、蜜口につぷっと指を差し込んだ。

「あ、あ……！」

自分の中に好きな人の指が入るという、未知の感覚にゾクッと背筋が粟立《あわだ》つ。

驚きはしたけれど、決して嫌ではない。慣れてくると、戸惑いは興奮へと変化していった。

「は……、あ……っ」

私の中を指がゆっくりと行き来するうちに、じわじわと蜜が溢《あふ》れてくるのが分かる。それが潤滑《じゅんかつ》油《ゆ》となり、指の動きは格段にスムーズになった。

「溢《あふ》れてきた」

確かめるように斎賀さんが呟くのをしっかり聞き取ってしまい、羞恥《しゅうち》で顔が熱くなってくる。

「……い、言わないでください」

「ごめん。でも、感じてくれているのが嬉しくて、つい」

そう言いながら、彼の指が引き抜かれた。上体を起こそうとすると、反《そ》り返った屹立《きつりつ》に避妊具を装着しているのが視界に入った。

「……挿《い》れても？」

「は、い……」

無言で斎賀さんの行動を見守る中、彼は避妊具を着けた剛直を蜜口に宛がい、蜜を纏《まと》わせながら何度か前後に動かした。そして彼は私と目を合わせ、少しずつ屹立《きつりつ》を中に沈めていく。

――あ……は、入ってる……

初めは、思ったより普通に入るものなのだと思った。だからドキドキはするものの、わりと冷静でいられた。しかし、そんなに簡単なものではないとすぐに思い知ることになる。

「……アッ⁉」

斎賀さんが私の中に自身を埋《うず》めてから間もなく。想像以上の痛みがやってきた。

――え、どうしよう……すごく痛い……!!

最初からこんなに痛かったら、この後私はどうなってしまうのだろう。考えるだけで怖い。

あっという間に不安が膨らみ、泣きそうな顔で斎賀さんを見る。すると、少し不安そうな、私を心配しているのがはっきり分かる顔をしていた。

「痛いか？　やめる？」

私を気遣ってくれる斎賀さんに胸が熱くなった。

「……いいえ、やめません……!!」

私に、行為をやめるという選択肢はない。せっかく好きな人と一つになれるのに、途中でやめることなんかできない。

私は目の前の斎賀さんの首にしがみつき、懇願した。

「い、痛くてもいいから、してください……お願い……!!」

いろんな感情がごちゃ混ぜになって、半泣きだったと思う。

しかし、何故か私の中にいる斎賀さんの質量が増した。驚いて斎賀さんを見ると、耳が赤くなっている気がする。

「……あのね……そんなこと言われたら、もうやめてあげられなくなるんだけど……」

「はい……やめなくていいです……」

「分かった、分かったから。……じゃあ挿《い》れるけど。本当に無理だと思ったら、言って」

——無理だなんて思わないもの……

そう思ったけど口には出さず。ただ頷くだけにとどめた。

斎賀さんの顔が近づき、深く口づけられる。私の意識が逸れた隙に、彼は腰を進め、一気に屹立《きつりつ》を奥へ押し込んだ。

「……!!」

あまりの痛みにぎゅっと目を瞑《つぶ》る。その間も、斎賀さんは私の叫び声ごと呑み込むようなキスを、何度も繰り返す。

どれくらい経ったか、眦《まなじり》に溜まった涙を、彼がそっと舐《な》めとってくれた。

「珠海」

「入ったよ」

「入った……?」

それを聞いて、一気に安堵感が広がっていく。

初めは痛みしか感じなかったものが、数回繰り返すと痛みは薄れていった。

聞かれる度にうん、大丈夫、と返事をした。

「辛くないか?」

私が返事をすると、斎賀さんはほっとしたような顔をする。それがとても愛おしい。

ゆっくりと前後に腰を動かしては私の様子を確認し、また動かす。何度かそれを繰り返したところで、斎賀さんが私の背中に手を添え、体を起こしてくれた。

座った状態で斎賀さんと抱き合う格好になったことで、密着度が上がる。すぐ側に斎賀さんの顔があるのが嬉しくて、彼の首に腕を回してギュッと抱きついた。

同じように抱き返してくれた後、彼は体を離し片方の手で乳房を撫でつつ、もう片方の乳房に舌を這《は》わせ、先端を舐《な》めしゃぶる。

「あ、あ……っ」

快感に襲われ、背中が反《そ》る。それでも斎賀さんは愛撫《あいぶ》をやめない。しつこいぐらいに徹底的に胸を攻められた。

次第に体の中の快感の芽がどんどん大きくなって、私を絶頂へと押し上げていく。

「や、だめ……また、きちゃう……っ」

「いいよ」

乳首を口に含んだまま言われて、またキュンと下腹部が疼《うず》いた。途端に、私の中にいる斎賀さんが、大きくなったような気がした。

「さ、斎賀さん……今、大きくなっ……」

「君がそうさせてるんだよ」

それはどういう意味なんだろう、と考える間もなく、斎賀さんの胸への愛撫《あいぶ》が激しくなった。先端を強めに摘まんだり、指先でひっかくようにして刺激を与えられる。

「あ……、ああ、だめ、だめ……あああああっ……!!」

止まらない愛撫《あいぶ》の嵐に、私の思考はだんだんと奪われ、気づけばまた達していた。

脱力した私が斎賀さんに凭《もた》れかかると、彼は私を再びベッドに仰向けに寝かせた。ぼんやりした頭で、斎賀さんを見上げる。

「あまり長いとキツいだろうから、今日はここまでにしよう」

そう言って、彼は私の中から自身を引き抜こうとする。咄嗟《とっさ》に私はそれに待ったをかけた。

「待ってください。それじゃ斎賀さんが……よく、ないですよね……？」

目を見て尋ねたら、斎賀さんが困ったように笑う。

「いや、俺はもう……」

「だめです。斎賀さんも、ちゃんとい……イッてください」

斎賀さんは一瞬ポカンとした顔をした後、私から顔を背《そむ》け額《ひたい》に手を当てた。

「だから……君は……どうしてそう無意識に俺を煽《あお》るようなことを……」

「えっ？　煽《あお》る？　今のがですか？」

「なるね」

よく分からなくてキョトンとしていると、斎賀さんが一度、ふうっと息を吐いた。

「……じゃあ、遠慮なくイかせてもらう。少しだけ、我慢して」

私が返事をする前に、いきなり斎賀さんが腰を強く打ち付けてきた。

「あッ、んッ……!!」

奥を穿《うが》たれ、痛みに思わず声を上げた。腰がぶつかる度に体が揺さぶられる。その間隔がだんだん短くなると、頭がぼんやりしてきて何も考えられなくなる。

薄く目を開けて斎賀さんを見ると、眉根を寄せてきつく目を閉じている。普段見たことがない彼の表情に、何故か胸が疼《うず》いた。

彼をこんな表情にしているのは自分。それが嬉しくてたまらなかった。

——好き……大好き……

「斎賀、さ……抱き、締めて……」

揺さぶられながらお願いすると、すぐに彼が私の背中に腕を回し、強く抱き締めてくれた。

それから間もなく、彼がちいさな呻《うめ》き声を上げて果てた。

ガクガクと震える体を抱き締めながら、私はこれ以上ないほどの幸福感に浸《ひた》る。

そのままどれくらい抱き合っていたのか、軽いキスを繰り返して、彼が自身を私の中から引き抜いた。彼がいなくなった途端、喪失感を覚えた。

それくらい、私は彼に身も心も満たされていたのだと分かった。

「ちょっと待ってて」

そう言って、ベッドを下りた斎賀さんが、寝室から出て行った。

毛布を体に巻き付けて待っていると、斎賀さんが手にペットボトルを持って戻ってきた。全裸で出て行った彼は、今はちゃんとショーツを身につけている。

「はい」

「ありがとうございます……」

手渡されたのはミネラルウォーター。恥ずかしいぐらい声を出してしまったので、正直喉はカラカラだった。ありがたいと思いつつ喉を潤《うるお》す。

——美味《おい》し……

ふー、と一息ついていると、ベッドの端に腰を下ろし、同じように水を飲んでいた斎賀さんが、私を見てふふ、と微笑んだ。

「君は、どんな姿でも綺麗だな」

突然の褒《ほ》め言葉に、飲んだ水を噴き出しそうになる。

「ええッ!? な、なんですか急に……びっくりするじゃないですか」

ペットボトルの蓋《ふた》を閉め、ベッドに置いた斎賀さんは私の反応になんで？　という表情をする。

「……思っていることを言っただけだけど」

言いながら私の隣に戻ってきて、彼は私の髪を一房手に取り指で弄《もてあそ》んだ。

「髪、綺麗だね」

「あ、ありがとうございます……」

「……前、バス停で、君が髪をほどいた瞬間を見たことがある。長い髪が夕日に透けてキラキラして、目が離せないほど綺麗だった……」

私の髪に視線を落とす斎賀さんは、その時のことを思い出すように語っている。でも、言われている方の私は、もうどうしたらいいか分からなくなるくらい照れた。何より、それを言っているのは大好きな斎賀さんなのだ。嬉しいなんてもんじゃない。

ずっと目立つ容姿と内向的な自分の性格のギャップに苦しんでいたけど、好きな人に褒《ほ》めてもらえるだけで、この容姿で生まれてきてよかったと心から思える。

「……斎賀さんは、すごいです……」

「あ？」

いきなりなんのことを言われているのか分からない、という顔をされた。

「……私、自分の外見があまり好きではなかったのですが、斎賀さんに褒《ほ》めてもらえるなら好きになれそうだなって……そう思わせてくれた斎賀さんが、すごいなあって思ったので」

「そうか」

「はい。斎賀さんはすごい人です」

「じゃあ、そういうことにしておくか。さてと、腹減ったな。食事にしようか。動ける？」

斎賀さんは私の髪から手を放し、頭を軽く撫でた。

「はい……私もお腹ペコペコです」

ベッドの近くに散らばっていた服を斎賀さんが拾ってくれる。それを身につけ、再びリビングに移動した。

食事の前にあんなことになってしまったのが恥ずかしいやら可笑《おか》しいやらで、私達は顔を見合わせてクスッと微笑み合う。

「堪《こら》え性がなくてごめん」

「いえ」

私が作ったホットサンドを黙々と口に運ぶ斎賀さんを見つめ、顔が緩んだ。

体を繋げたことで、斎賀さんの彼女になったとより強く実感する。

それが嬉しくて、夢見心地のまま私も食事を始めた。

自分で作った料理が、何故かいつもより美味《おい》しく感じる。

この日の私は、一日中幸せで、どこかふわふわした気持ちのまま斎賀さんと一緒に過ごしたのだった。

六

身も心も斎賀さんと結ばれたことで、自分が斎賀さんの彼女であるという実感がグッと増した。

多忙な斎賀さんとは頻繁《ひんぱん》にデートはできないけど、マイペースな自分達にはこういう恋愛が合っている。

そんな風に思っていたある日。

届け物の書類を持って部署を出たところで、たまたま顔を合わせた折居さんに呼び止められた。

「漆瀬さん、忙しいところ申し訳ないんだけど、ちょっといい？」

「はい」

頷くと、折居さんは私を人気のない廊下の端っこに連れて行く。

なんなのだろうと思っていると、折居さんが周囲を確認して小さな声で言った。

「斎賀と上手くいってるみたいだね？」

「え……ま、まあ……はい」

改めて聞かれるとまだ照れてしまう。しかし、折居さんは私の反応を見て満足げに笑った。

「はは、ご馳走様。それはそうと、君達のことが社内に結構広まりつつあるんだけど。知ってた？」

初めて聞く事実に、一瞬頭が真っ白になった。

「え……？　な、なんで？　付き合っていることは、まだ誰にも話していないのに」

私の様子を見て、折居さんが表情を曇らせた。

「うーん……出所はよく分かんないんだけど、広報の社員が噂してたんだよね。どうやら誰かが公園で一緒にいる君達を見たらしい」

公園と言われてハッとする。

「公園……は、行きました……」

広い公園だし、家族連れも多かった。その中にうちの社員がいても不思議はない。だけど、まさかこんなに早く誰かに見られてしまうなんて予想もしていなかった。

——また誰かに何か言われたらどうしよう……ううん、それよりも斎賀さんに迷惑がかかったりしたらどうしたらいいんだろう……

途端に不安が押し寄せてくる。折居さんは、そんな私の心情をいち早く察したようだった。

「別にうちは社内恋愛禁止じゃないし、そんな不安そうにしなくても大丈夫だよ。俺だって経験がないわけじゃないからな」

「そうなん……ですか？」

折居さんならありそうだなと納得してしまった。

「まーね。だけど、一人面倒そうなのがいるだろう？」

「え？」

「上松だよ。あいつ君に振られて納得したように振る舞っているけど、たぶん本音は違う。まだ君のことを全然諦めていない。むしろ長期戦に持ち込もうとしてるのかもな。だから、斎賀と付き合い出したことに対して、何か言ってくる可能性があるぞ」

そんなことがあり得るなんてまったく想像もしていなかった。さすがに開いた口が塞がらない。

「……そんな、私、ちゃんと断ったのに……それだけじゃだめだったんでしょうか……」

でも、確かに斎賀さんも上松さんのことを気にしていたし、彼の上司である斎賀さんと私がお付き合いしたら、上松さんだってきっといい気はしないはずだ。

この件で斎賀さんが困るようなことになったら、私はどうしたらいいのだろう。

「上松、変わってるからな……この前だって振られてぶちギレて暴言吐いたんだろ？　あり得ないとは言いきれない」

「私より斎賀さんは大丈夫なんでしょうか。上松さんに何か言われたりとか……」

「あいつは大丈夫だろう、頭回るし。それよりも俺は漆瀬さんの方が心配だね。ほとぼりが冷めるまで、なるべく上松には関わらない方がいい。もちろん上松だけじゃないよ。ここぞとばかりに声をかけてくる奴がいるかもしれないから、気をつけるように。いいね？」

「は、はい……」

折居さんは私の肩をポンポン、と二回軽く叩き、大きな歩幅で去っていった。

まさかデートを見られていたとは。驚きつつも、やっぱり気がかりなのは上松さんのことだ。以前のようなきつい言葉を浴びせられるのは遠慮したいし、斎賀さんに迷惑をかけるのも困る。

――やだ……どうしよう……

氷のような冷たい目で私を見る上松さんのことを思い出し、背筋が寒くなった。

とりあえず、噂について斎賀さんに相談してみよう。それと、近い人には交際について話しておいた方がいいかもしれない。

そう思った私は、急いで用事を済ますと自分の部署に戻った。

昼休みに入る少し前に、向井さんと諫山さんに話があると声をかけ、一緒に昼食を取ることになった。私の席に椅子を持ってきた二人が、興味津々で私の話を待っている。

「話って何？　他の人達は食堂行っちゃったから、もう話して大丈夫よ」

諫山さんがお弁当の蓋《ふた》を開けながら私に話すよう促《うなが》してくる。それを受け、向井さんもうんうんと頷いていた。

「……実は、斎賀さんとお付き合いをすることになりました……」

二人を交互に見ながら、小声で打ち明けると、向井さんの目が大きく見開かれる。

「そう!!　よかったじゃない！　おめでたいことなんだから、そんなにちっちゃい声で言わなくてもいいのに」

喜んでくれる向井さんに対し、諫山さんは冷静だった。

「向井さん、手放しに喜ぶのは早いわよ。この前ここで彼女がどんな目に遭ったか忘れたの？　交際を断られて逆ギレした社員がいたじゃない。その上司と付き合うことになったんだから、そら慎重にもなるわよ」

「あっ、そうか。また上松さんが漆瀬さんになんか言ってくる可能性があるってことか……」

「そうそう。ここで上松さんがぶちギレた時、私もいたんだけど、結構人の話聞かないタイプに見えたのよね。自分勝手な思い込みで、漆瀬さんに直接気持ちをぶつけにくる……っていうこともあるかもね」

「そうね……あり得るわね……」

私の横で話を進める二人に、私は呆気にとられる。特に諫山さんが口にしたことは、さっき折居さんに心配されたことと同じで、ちょっとびっくりである。

――すごい、諫山さん全部分かってる。

私の代わりに説明してくれた諫山さんに驚きと尊敬の眼差しを送った。

私は折居さんに言われるまで、そんなことには思い至らなかったのに。

「実は付き合う時、斎賀さんからも言われて……しばらく付き合っていることを隠すつもりでいたんですが、どうも斎賀さんと一緒にいるところをうちの社員に見られていたらしく……さっき、折居さんに噂になっていることを教えられて、上松さんに関わらないように言われました」

お弁当の唐揚げを食べながら、諫山さんが頷く。

「そりゃそうよね。顔見たら絶対なんか言ってきそうだもの。言われるだけなら千歩譲って仕方ないにしても、手とか出されたらえらいことだし」

「ええ？　さすがにそこまでは……」

まさかそこまではしないだろう、と思っていたら、諫山さんが厳しい視線を送ってきた。

「殴られるとかそういうことじゃないわよ。強引に手を掴まれたり、抱き締められたり、キスされたり……無理矢理漆瀬さんを手に入れようとしてくる可能性だってあるんだから。用心するに越したことないわよ」

淡々と言われて、そこまで考えていなかった私は言葉を失ってしまう。

「まあ、折居さんの言っていることはもっともよね。しばらくは企画開発部への届け物は私や向井さんが行くから、漆瀬さんは行かない方がいいわ」

諫山さんの提案に、向井さんも静かに頷いた。

「そうね。でも、斎賀さんは大丈夫なのかしら？　上松さん、直属の部下でしょ？　仲が悪くなったりとか……」

「私もそれが心配なんですけど、折居さんは大丈夫だって。あいつ頭回るからって」

「真理ね」

諫山さんが納得したように深く頷く。真理かどうかは分からないけど、何もないことを願うしかない。

昼食を終えると、私はすぐに斎賀さんにメッセージを送った。一緒にいるところを見られて、一部の社員の間で噂になっていること、折居さんに上松さんに気をつけるように言われたことを伝えると、すぐに【分かった】という返事が送られてきた。

あまりにあっさりしていたので、気を揉んでいた私は肩透かしを食らってしまった。

もうちょっと驚くかと思っていたけど、斎賀さん的には問題ないのだろうか。

少々心配ではあるものの、斎賀さんがそう言うならまあいいかという心境で落ち着いた。

彼の冷静で、物事に動じない性格も大好きだから。


上松さんや他部署の男性とはあまり関わらないようにしていた私だが、さすがに女性を避けるまでは気が回らなかった。たとえば、部署の外にあるお手洗いに行くと、絶対と断言できるほど他部署の女性に遭遇する。それを避けることはほぼ不可能と言っていい。

だからお手洗いで倉科さんにばったり会った時は、正直驚いた。

「……あら、漆瀬さん」

女子トイレの中に入ってすぐ、手を洗っていた倉科さんと遭遇した。

「お疲れ様です……」

軽く会釈《えしゃく》して通り過ぎようとすると、「聞きましたよ」と話しかけられた。

「広報部にいる私の同期が教えてくれたんですよ、休日の公園で漆瀬さんと斎賀さんを見たって。

漆瀬さんはもちろんですが、斎賀さんも目立ちますからね、すぐに分かったみたいですよ？　有名人は困っちゃいますね」

会話の端々に微かな嫌味を感じて、胸の奥がチリチリと痛み出す。

——噂の出所は彼女の同期か……

「斎賀さんとお付き合いされてるんですか？　まあ、目撃した友人曰《いわ》く、あれは間違いなく付き合っているって断言してましたけどね。漆瀬さんも、かなり気合の入ったオシャレをしてたみたいですもんね？」

「……そうですね、お付き合いしています」

そこまで言われたらもう誤魔化せないし、するつもりもない。はっきり肯定すると、倉科さんの眉間に深い皺《しわ》ができた。

「へえ～。上松君を振って、斎賀さんですか？　モテる人は違いますねえ。よりによって、なんで上松君の直属の上司と付き合うのかしら……平社員なんてお呼びじゃないってアピールですか？」

——この人、何を言って……

さすがにこんなことを言われたら、笑顔でいることなんかできなかった。

「アピールだなんて、そんな理由で付き合ったりしません。冗談でも、言っていいことと悪いことがありますよ。そんなことも分からないんですか」

普段あまり人に怒りをぶつけたりはしない私が、自分でもびっくりするくらい強硬な態度を取った。すると、倉科さんの顔色が分かりやすく変化する。頬が紅潮し、瞳の奥は怒りで揺れているように見えた。

「なんですって!?　あなた……私をバカにしているの!?」

「バカにはしていませんが、失礼な人だと思っています」

きっぱり言ったら、今度は倉科さんがわなわなと震え出す。

「……っ、ほんと、上松君も斎賀さんもどうかしてるんじゃない。こんな人を選ぶなんて……」

別に私自身のことをどうこう言われるのは慣れているからどうでもいい。でも、斎賀さんの名前を出されたのは、見過ごせなかった。

「斎賀さんのことを悪く言うのはやめてください。お付き合いは私から申し込んだので」

そう言うと、倉科さんが一瞬気の抜けたような顔をした。

「は？　あなたが斎賀さんに……？」

「そうです。好きになったのは私の方なので」

「……へえ……」

倉科さんが意外、という目で私をじろじろ眺める。それよりもそろそろトイレに行かせてはくれまいか。休憩時間が終わってしまう。

「あの、もういいですか？　お手洗いに……」

「ああ、ごめんなさい。でも、あなたと斎賀さんのことはすでにかなりの社員に広まってるわよ。そのうち上松君の耳にも入るでしょうね」

「分かっています」

目を伏せると、倉科さんの足がドアの方を向いた。

「上松君がどんな反応するか私には分からないけど、こういうことになった以上、彼に何を言われても我慢するのね」

最後にそう吐き捨てると、倉科さんはそのまま振り返ることなく出て行った。

――はあ……ちょっとお手洗いに来ただけなのに、えらい目に遭ってしまった……

それにしても、斎賀さんは本当に大丈夫なんだろうか。

今の私の頭はそのことでいっぱいだった。


あまりに心配だったので、帰りのバスの中で斎賀さんにメッセージを送った。

斎賀さんと同じ部署の倉科さんと衝突したことは言わず、上松さんのことだけ尋ねる。

【上松さんの様子はどうですか】

それに対する返事はない。それ以前に既読がつかない。

――やっぱり忙しいし、それどころじゃないよね……

バスに揺られながら、重い息を吐き出す。

斎賀さんのことが大好きで、告白して、一度は振られたけどOKをもらい、初めて恋人という存在ができた。そのことはすごく嬉しいし、幸せだ。

だけど、私と付き合ったことで、斎賀さんに迷惑をかけているのではないだろうか。

きっと他の社員同士がデートしていてもそこまで噂は立たない。実際、これまで誰と誰が付き合っている、という話は聞いても、みんなそんなに噂に食いつかなかった。

でも、斎賀さんみたいな素敵な人が私みたいなのと一緒にいたら、どうしたって興味が湧くのだろう。それに加えて上松さんとのことがあったから、噂が早く広まったのかもしれない。

折居さんや諫山さん達に心配されてしまうし。もう、どうしたらいいのか分からなくなってきた。

私はただ、好きな人と一緒にいたいだけなのに。

しばらく関わらないようにとか、逃げろとか言われても本当は困る。大体ずっとそのことを考えてビクビクした生活を送り続けることなんかできない。

――いっそのこと上松さんに会って、私から斎賀さんのことを話す……？

だけど、以前冷たい目で暴言を吐かれたことを思い出すと、決意が揺らぐ。でも、避けていたらいつまでも状況は変わらない。

……うん、ちゃんと話そう。その方がいい。

気持ちが固まり、斎賀さんにはそのことを話しておこうと、返事がこないＳＮＳに再びメッセージを送信した。

【私から上松さんに話をしようと思います】

それだけ送って、バッグにスマホをしまおうとした。しかし、今度はすぐに返事がきた。

【俺が話すから。君は何もしなくていい】

【でも、きちんと説明して分かってもらった方がよくないですか】

【大丈夫だから、あいつと二人で会わないで】

思いっきり釘を刺されてしまい、メッセージを返す手が止まってしまう。

いい方法だと思ったのに、それを止められては、私にはもうどうすることもできない。

【分かりました】

送った返事には、既読がついただけだ。

斎賀さんは上松さんと何を話し合うつもりなのだろう。それが気になってしまい、帰宅してもずっとモヤモヤが晴れることはなかった。

しかし翌日、状況は大きく変わることになる。


翌朝、普段のように出勤すると、エレベーターの前でポン、と肩を叩かれた。

何気なく振り返ると笑顔の上松さんが立っていて、心臓が口から飛び出るんじゃないかというくらい驚いた。

「うっ、うえ……まつさ……」

「ええ？　なんでそんなに驚いてるんです？　俺の顔、そんなに変ですか？」

いつもと変わらないはずなんだけど……とブツブツ言っている上松さんを見つめ、私はなんとか気持ちを落ち着かせる。

「おはようございます……お久しぶりですね」

「おはようございます。そうですよね、このところ朝はギリギリだし、帰りは遅いしで全然漆瀬さんに会えなくって！　そろそろ会いたいなって思ってたので、嬉しいです！」

「きょ、恐縮、です……」

斎賀さんは上松と二人きりで会うなと言ったけれど、不可抗力で会ってしまった。こうなっては仕方がない。どうにかしてここはやり過ごそう。

これまでとまったく変わらない上松さんのテンションにひとまず安心する。この様子だと、まだ噂は耳に入ってない、っぽい？

でもすぐに、斎賀さんは話をしていないのだろうか、と疑問が浮かんだ。

付き合い始めてもう一週間以上経過しているのに、斎賀さんが同じ部署で働く上松さんになんの対策も施していないなんてこと、あるだろうか。

——もしかしてもう、上松さんに話してあったり、とか……？

これはあくまでも私の希望的観測にすぎない。でも、斎賀さんならあり得るかもしれない。

もちろん斎賀さんに止められているので、自分からは説明しない。でも、斎賀さんから何か聞いていないかだけ確認するのなら大丈夫だろう。

「あの、上松さん。今ちょっとだけお時間よろしいですか？」

思いきって声をかけたら、上松さんが少し困った表情になった。

「今ですか？　あ～、この後打ち合わせが入ってて、ちょっとダメなんですよ。帰りでもいいですか？　今日は残業しなくていいって言われてるんで」

「えっ、帰り、ですか……」

まさかこういう返事がくるとは思わなくて、言葉に詰まる。

さすがに二人で会うのはまずい。

「いえ……そんな、たいした話じゃないので。それじゃあ……」

お仕事頑張ってください、と上松さんから離れようとした。でもすぐに上松さんの声が追いかけてくる。

「漆瀬さんからわざわざ俺に話があるなんて珍しいじゃないですか。すごい気になるし。じゃ、帰りにエントランスで！」

――ええっ!! なんでそういうことになるの!?

「ま、待ってください!! そんな、困ります」

勝手に決めてそのまま立ち去ろうとする上松さんを、慌てて引き留めた。

すると、笑顔だった上松さんの表情に苛立ちが表れ始める。

「困るって……なんでです？ 確かに俺は以前、あなたにひどいことを言ったりしましたけど、今は同じ会社に勤務する同僚でしょ？ 帰りに待ち合わせて、軽く話をするのもダメなんですか」

まっとうなことを言われて、返す言葉がない。

「それともなんですか、漆瀬さんはまだ俺が何かすると思ってるんですか？」

「そ、そんなことないですよ」

「それなら問題ないですよね？ ちゃんと漆瀬さん一人で来てくださいね？」

一人で、と釘を刺されたことが妙に引っかかる。

「じゃあ、今日の帰りにエントランスの辺りで待ってます。それとも部署までお迎えに行きましょうか？」

部署まで来るなんてとんでもない。これ以上、面倒な噂を立てられては困る。

「や、やめてください」

「なら、決まりですね。帰り楽しみにしてます」

上松さんは笑顔でそう言って、階段がある方へ歩いて行ってしまった。それを見届けてから、私はどんよりとした気持ちでちょうど到着したエレベーターに乗り込む。

上松さんと二人で会うな、と斎賀さんに釘を刺されたことが頭を掠《かす》める。

――どうしよう……これでは、斎賀さんとの約束を破ることになってしまう……

かといって上松さんとの約束を無視するようなことをしたら、それこそまた何を言われるか分かったものじゃない。

よかれと思ってしたことが完全に裏目に出てしまった。はっきり言って、自分ではもうどうしたらいいか判断ができない。

部署に到着すると、すでに諫山さんが席に着いていた。それを見た瞬間、私は反射的に彼女に向かって歩き出していた。

「おはようございます。諫山さん、ちょっとご相談よろしいですか？」

「おはよう。ん、何？　改まって」

「じ、実は……」

つい数分前の上松さんとのやりとりを彼女に話すと、分かりやすく彼女の顔が険《けわ》しくなった。

「会っちゃったのね。で、まんまと会う約束を取り付けられちゃった、と。……二人で会うのはどう考えても危険でしょ。なんでＯＫしちゃうのよ」

分かっていたけれど、やっぱり窘《たしな》められた。

「う……ＯＫしたつもりはなかったんですが、いつの間にか……でも、エントランスの辺りなら常に人目もありますし……」

まるで自分自身に言い訳しているようで、だんだん自信がなくなってくる。

以前もエントランスで上松さんと話をした結果、あっという間に噂が広まったことを思い出し、気持ちはますます暗くなった。

たぶん私の不安がありありと見て取れたのだろう。諫山さんが困り顔でため息をついた。

「もう……しょうがないわね。どうせ、斎賀さんにはまだ話してないんでしょう？」

「はい……上松さんと二人きりで会うのはやめろと釘を刺されていたので……」

言われていたにもかかわらず、まんまとそういう状況に陥《おちい》ってしまった。このことが斎賀さんに知られたら、絶対に呆れられる。いや、それよりも忙しい斎賀さんに迷惑をかけることになってしまう方が困る。

どんどん暗くなっていく私に、諫山さんは何かを察したようだった。

「だと思った。分かったわ、帰り、私が一緒に行ってあげる。それで、上松君に見えない位置で待機してればいくらかは安心でしょう？　でも、ヤバいと思ったら、すぐ斎賀さんに連絡するわよ」

「あ……ありがとうございます、助かります……!!」

頼りになる諫山さんに、感謝の気持ちでいっぱいになる。

彼女に手を合わせて何度もお礼を言った後、ふと疑問が湧いた。

「そういえば、諫山さんは斎賀さんの連絡先をご存じなんですか？」

その疑問に対し、彼女は真顔で首を横に振った。

「いや、知らない。でも私、折居さんの連絡先は知ってるから。折居さんなら斎賀さんの連絡先も知ってるでしょう？　なんせ、学生時代からの付き合いなわけだし」

「……諫山さん、折居さんと仲がいいんですか？」

「この前タクシーで一緒に帰ったじゃない？　あの時連絡先を交換したのよ。ちょっとチャラく見えるけど、いい人よ、折居さん」

二人が仲良くなっていたことに驚きつつ、どこか嬉しそうに折居さんのことを話す諫山さんを見て、なんだかこっちがドキドキした。

――も、もしかして、諫山さんって……折居さんのこと……

その先を尋ねたい衝動に駆られたけど、それはまた別の機会にしよう。

私は再度諫山さんにお礼を言って、自分の席に着いたのだった。


上松さんと会うことは、やっぱり斎賀さんには伝えられなかった。

もちろん相談するべきだというのは分かっている。でも、呆れられるのが怖い。しかももう上松さんと約束をしてしまったし、これでもし私が行かなかったらまた関係が悪化して、斎賀さんにもっと迷惑を掛けることになるかもしれない。

それどころか何かメッセージを送れば、返信でまた上松と会わないように、とダメ押しされるんじゃないか。そう思うと、何も送ることができなかった。

しかも夕方になるにつれ、どんどん気が重くなってきた。終業時間が近くなることをこんなに怖いと思ったのは初めてではないだろうか。

デスク周りを綺麗に片付けて終業時間を迎えると、私と同じように帰り支度を済ませた諫山さんが立ち上がった。

「お先に失礼します。漆瀬さん、行きましょう」

キリッと私に向き直る諫山さんにつられ、私も立ち上がった。

この状況で一つだけ、諫山さんが側にいてくれることが唯一の救いだ。

「は、はい。では、お疲れ様でした」

残っている同僚達は、いつもと変わらない様子で声をかけてくれる。そんな中、私と諫山さんは並んでエントランスまで向かう。

「とにかく。長話になるのだけは避けた方がいいわね。確認したいことだけ聞いて、手短に済ます。あくまでも立ち話という感じでさっさと切り上げてね」

「わ、分かりました……!!」

諫山さんのアドバイスに、胸の前で拳《こぶし》を握りしめる。

「それじゃあ私は、二人が確認できるギリギリの場所にいるわ。そうね……エントランス横の女子トイレ辺りなら大丈夫でしょ」

ゲートを出てすぐのところにあるトイレ付近なら、女性が出入りしていても何もおかしくない。

彼女にそこで待機してもらい、私もすぐ諫山さんのところへ向かう。そういう段取りを組んで、私は一人で上松さんを待つ。すると、それから五分もしないうちに上松さんがやって来る。

しかしその表情は、朝とは打って変わって険《けわ》しかった。

——え。なんか、朝と雰囲気が全然違う……

無表情のまま近づいてきた上松さんは私の前まで来ると、いきなり私の手首を掴み、外へ向かって歩き出した。

「えっ、ちょっ……上松さん⁉」

予想外の行動に、私の頭は激しく混乱した。反射的にトイレの方に目を遣ると、諫山さんが慌ててスマホを操作しているのが分かった。

「どうせ誰かについてきてもらってるんでしょ？　俺は、漆瀬さんと二人で話がしたいだけなのに、ひどいなあ」

声にまったく感情が籠《こ》もっていない。しかもバレてる。

——怖い。

瞬間的にそう感じた。

「ご……ごめんなさい、でも……」

掴まれた腕を引きながら謝る。でも、上松さんは無言のままぐんぐん前に進み会社を出てしまった。そのまま、もうすぐ商店街という路地まで連れて行かれ、彼の歩みがピタッと止まる。

振り返った上松さんは、ようやく私の手を放してくれた。

「別に謝らなくていいですよ。それより、話って斎賀さんとのことでしょ」

「え……」

――上松さん、すでに私と斎賀さんとのことを知ってる。

感情の籠《こ》もっていない声音とその表情に、背中がひやりとした。

ここはうちの社員が通勤でよく利用する道から一本入った路地で、人通りが少ない。

何かあったらどうしよう、という恐怖で、体が小さく震えた。

――もし、諌山さんが言っていたようなことが起きたら……

彼女の言葉を思い出し、上松さんから一歩引いて身を固くした。

さっきからバッグの中にあるスマホが何度もブルブル震えている。すぐ取り出したいのに、緊張と不安でそれすらできない。

「追いかけてくる人もいないし、とりあえず大丈夫かな？　さ、どうぞ。斎賀さんとお付き合いを始めたっていう報告をしてくれるんですよね？　漆瀬さん」

「……あの……そのことをどこでお聞きになったんですか」

近くにあった電柱に背を預けながら、上松さんが「あー」と声を上げる。

「斎賀さんから直接ですよ。昼休みに話があるって呼び出されて、何かと思えば漆瀬さんと付き合ってる、でしょ？　まー、ショックでしたよね。尊敬する上司が裏でいつの間にか俺の好きな人と上手くいってたんですもんね」

天を見上げながら、上松さんが吐き捨てる。

「そんな言い方やめてください。それに、私が斎賀さんを好きになって気持ちを伝えたんです。斎賀さんは何も……」

「たとえそうだとしても、斎賀さんに下心がまったくなかったって言い切れます？　俺の気持ちを知ってたのに？　知ってたんなら、せめてもう少し時間経ってからでもよかったんじゃないですか。せっかくこっちが気持ちを切り替えて、じっくりお友達からスタートしようとしてたのに……」

上松さんの呟きに疑問を抱き、え？　と声が出てしまう。

「スタートって、何のことですか？」

「決まってるじゃないですか。俺のことを知らないから付き合えないって言うなら、知る期間を設《もう》けようと思ったんですよ。友達としていい感じになれば、漆瀬さんの気持ちも変わるかもしれないでしょう？」

電柱に背中を預け、腕を組みながら上松さんが淡々と心の内を明かす。でも、言われている内容が頭に入ってこない。

「えと……ちょっと、何を言っているのかよく……」

「時間をかけてあなたを落とそうと思ってたのに、横から斎賀さんにかっさらわれて予定が台無しですよ。どうしてくれるんです？」

上松さんが電柱から背中を起こし、私に詰め寄ってくる。その顔からは笑みが消えていた。

この前と似た状況に、背中がスッと冷たくなる。

「そ、そんなこと言われても……」

「でもね、悔しいことに斎賀さんの態度は俺から見ても紳士的でしたよ。『お前の気持ちを知ってるのに、こういうことになってすまない』って。あんなこと言われたら俺、なんも言えないじゃないですか。正直、漆瀬さんが斎賀さんに惚れるのもよく分かりましたよ。ちゃんと周りが見えてて、男気があって、優しくて。あんな人、そうそういませんよね」

「え……じゃあ……」

理解してくれたのかと気が緩みそうになった時、いきなり上松さんに二の腕を掴まれた。

「って、頭では理解してるんですよ、本当に。でもね、やっぱりムカつくんですよ。漆瀬さん、俺のことは知ろうともしないで振ったくせに、斎賀さんとはあっさりくっつくなんて。しかも、仲良くデートしてるって、俺に対してひどくないですか」

「そうじゃないです！　でも、上松さんに対しては確かに不誠実だったと私も反省しています。その件に関しては本当に申し訳ありませんでした。それと、斎賀さんとお付き合いすることになり、気分を悪くさせてしまったことも、申し訳なく思っています」

「へえ？」

上松さんが意外、とでも言いたそうに眉を下げた。

「でも、斎賀さんのことを好きになって告白したのは私です。だから……斎賀さんは何も悪くないんです。それだけは分かってください」

「……じゃあ、参考までに。なんで斎賀さんを好きになったのかを教えてくださいよ。それくらいいいでしょう？」

「えっ……」

そういう返しがくるとは思っていなかったので、一瞬困惑した。でも、この人にはきちんと知ってもらった方がいい。そう判断した。

「……最初は、なんとなく雰囲気に惹かれて……それと、接しているうちに素敵な人だなって思うようになったんです。一緒にいると心地よく感じたので……」

「接するうちに？　じゃあなんで俺にはそうしなかったんだよ!!　何度も好きだって言ったのに！」

突然の怒号に、体がビクッと震える。

恐怖で体が逃げかけたその時、上松さんの顔が近づいてきて咄嗟《とっさ》に顔を背《そむ》けた。今度は何を言われるのかと身構える。

「いろいろ言ってるけど結局は顔とか肩書きで相手を選んでるんだろ？　ちょっと顔がいいからって、調子に乗ってんなよ」

ものすごいドスのきいた声が耳元でしてすぐ上松さんを見ると、言ってやった、とばかりにフン、と鼻を鳴らす。

さすがに彼のこの態度は、私を苛つかせた。

「は……!?」

以前の私だったら、これだけで萎縮《いしゅく》してしまって何も言えなくなっていた。でも、今の私は違う。

――斎賀さんのことを本気で好きになったからこそ勇気を出して告白した。それを顔や肩書で選んだなんて思われるのは、我慢ならない。

「……訂正してください」

「あ？」

上松さんが眉をひそめる。

「今の言葉、訂正してください」

はっきり反論したら、今の今まで強気だった上松さんの表情に変化が生まれた、怪訝《けげん》そうな様子から、彼はまさか私が反論などするはずがないと思っていたらしい。

「上松さんは、私をなんだと思っているんです？　好きだって言ってきたり、そうやってひどい言葉で傷つけようとしたり。私からすれば調子に乗っているのはあなたの方です。あなたは、一体何がしたいんですか」

「な、俺は……」

ずっと思っていたことを言ったら、分かりやすく上松さんの顔が赤くなっていく。

「時間をかけて落とすとか、横からかっさらわれるとか、勝手なことを言っているのはあなたじゃないですか。一方的に気持ちを押し付けるばかりで、される方の私の気持ちを考えたことありますか⁉︎　あなたがやってることは、欲しいものが手に入らなくて癇癪《かんしゃく》を起こしている子供と一緒です。違いますか？」

私の指摘に、上松さんがグッと言葉に詰まる。

「俺は、そんなつもりじゃ……」

「じゃあ、どんなつもりなんです。私がいつも言われっぱなしだから、何を言っても許されると思ったんですか？　私だって人並みに傷つきますし、腹も立てます」

私が思っていることを告げていたら、話の途中から上松さんの顔色が赤から青に変わっていく。

何故？　と思っていたら、背後から駆けてくる足音が聞こえた。振り返ると、斎賀さんがいた。

「上松、お前……彼女をこんなところに連れ出してどういうつもりだ」

息を切らしながら、斎賀さんが上松さんを睨《にら》む。その声には明らかに怒りが含まれている。

さすがの上松さんも、斎賀さんの様子に怯《ひる》んだようだ。

斎賀さんがチラッと私を見て、すぐに上松さんと向き合う。

「彼女とのことは説明したはずだ。それなのに、なんでこんなことをする」

「すみません、上松さんと話すと決めたのは私なんです」

私が二人の話に割り込んだら、斎賀さんの表情が一瞬強張《こわば》った。

「君が？　やめるように言っただろう」

「そう……なんですけど……」

斎賀さんに迷惑をかけたくなかった。それなのに、結果として迷惑をかけている状況に、どう説明していいか分からなくなる。

——どうしよう……却《かえ》って心配をかけてしまった……

私が何も言えずに視線を落とすと、代わりに口を開いたのは上松さんだった。

「どうせ斎賀さんに負担をかけたくなくて、俺に付き合っていることがバレる前に話をしようとしたんでしょ、漆瀬さんは。でも、すでに斎賀さんが説明してくれちゃってたんですけどね」

上松さんに心情を当てられ、返す言葉もない。

「上松。前にも言ったが、彼女を困らせるような言動は慎《つつし》んでくれ。不満があるなら俺に言え」

ピシャリと上松さんに言い放った斎賀さんを見上げる。いつになく真剣な表情は、怖さすらある。

上松さんは数秒真顔で斎賀さんを見た後、諦めたように表情を緩めた。

「いいえ、もう言いたいことなんかありませんよ。漆瀬さん、こんなところまで連れてきて悪かったですね。待機してたお友達？　にもよろしく」

上松さんはそう言ってから「お疲れ様でした」と斎賀さんに一礼すると、駅に向かって大股で歩きだした。

彼の背中が見えなくなったことで緊張から解放された私は、ホッとして斎賀さんを見上げた。

「さ、斎賀さ……」

「君は、何をしてるの」

分かりやすく落胆した様子で、斎賀さんがため息をつく。

そこで私は、斎賀さんの手に通勤バッグもなければ、スーツのジャケットも着ていないことに気づいた。

おそらく、諫山さんから折居さん経由で連絡をもらい、すぐに捜しにきてくれたのだろう。それが分かった瞬間、あまりの申し訳なさに頭を下げた。

「ごめんなさい!!」

「上松と二人になるな、と言ったはずだ。君を諦めきれない上松が何をするか、まったく考えてなかったのか」

「……ほ、本当に、ごめんなさい……」

上体を起こし、もう一度謝った。それでも尚、斎賀さんは苛立ちを抑えられないという表情のまま、乱れた髪を掻き上げた。

「まだ仕事が残ってるから戻る。君はタクシーで帰りなさい」

感情がない冷めた声の斎賀さんに、私の体には緊張が走る。

「斎賀さん……」

恐る恐る斎賀さんに触れようとしたら、すんでのところで彼の体が私から離れた。

「ごめん」

私の方を見ずにそう言った斎賀さんは、そのまま一人で来た道を戻っていく。

どうしようどうしよう、と私の中で不安が渦巻く。結局、一度も振り返ることなく彼の姿は見えなくなった。その途端、私の目に涙が溢《あふ》れ出す。

――斎賀さんを本気で怒らせてしまった。

念押しされていたのにもかかわらず、彼との約束を破って上松さんと二人で会って、斎賀さんに迷惑をかけたのだから、彼が怒るのは当たり前だ。

――私、ほんと、何やってんだろう……

ものすごい後悔が押し寄せてきた。

打ちひしがれて、この場を動くことができない。空を見つめ立ち尽くしていると、突然バッグの中にあるスマホが震えだした。誰だろう、とスマホを手に取り画面を見ると、諫山さんだった。

「いけない、諫山さん!!」

目尻に溜まった涙を指で拭い、慌てて電話に出る。

『漆瀬さん？　どこ？　大丈夫なの？』

「はい、なんとか……連絡できずにすみませんでした……」

『私はいいけど漆瀬さん、声が元気ないわね。やっぱりなんかあったでしょ。斎賀さんはどうした？　ちゃんと会えた？』

斎賀さんの名を出された途端、ズキッと胸が痛んだ。

「……は、はい。斎賀さんが来てくれたので助かりました……連絡してくださって、ありがとうございました」

『そう、それならよかったわ。折居さん経由で斎賀さんに連絡してもらったら、思いのほか早く連絡がいったっぽくて、エントランスにいた私の横を斎賀さんが駆け抜けていったわ。風のようだった』

諫山さんの言い方が面白くて、つい笑ってしまう。

「風かあ……確かに……」

そんなに急いで来てくれた人を怒らせてしまった。そのことが悔やまれる。

『それにしても斎賀さん、よく漆瀬さん達の場所が分かったわね』

「……たぶんＧＰＳのアプリのおかげです。斎賀さんに言われて、場所が分かるようにしておいたので」

『あー、なるほど』

諫山さんと話をしているうちに、少しだけ気持ちが浮上して涙が引っ込んだ。

でも、斎賀さんを怒らせてしまったことが棘《とげ》のように胸に刺さって、いつまでも抜けない。

ちゃんと会ってきちんと謝りたい。そのことばかり考えていた。

諫山さんとの電話を終えた私は、斎賀さんに言われた通りタクシーで帰宅した。

タクシーの中でスマホの着信履歴を確認したら、諫山さんからの着信履歴が何件もあった。その中に斎賀さんからの着信も一件紛れている。

——向かっている最中にかけてきてくれたのかな……

きっとすごく心配をかけた。そのことに胸が痛んだ。本当はこのまま斎賀さんの部屋に行って、彼を待ちたい。でも、別れ際の彼の様子が私を躊躇《ためら》わせる。

謝りたいけど、会えない。

後悔とやるせない気持ちだけが大きくなっていく。それは、帰宅して一晩寝ても消えることはなかった。

＊　＊　＊

『斎賀、漆瀬さんが上松に連れ去られたらしいぞ』

「……は？」

残業中に折居先輩からかかってきた電話の内容に、つい間の抜けた声が出てしまう。

手にしていた書類をデスクに置き、スマホに耳を傾けた。

「どういうことです？」

『今、諌山さんから連絡があった。漆瀬さんが今朝上松と遭遇して、仕事終わりに二人きりで話をする約束をさせられたらしい。相談された諌山さんが隠れてついてったら、それに気がついた上松が、いきなり漆瀬さんの手を掴んで走って行っちゃったと』

話の内容を理解した瞬間、立ち上がっていた。

「すぐ向かいます」

通話を終えるなり、近くにいた同僚にちょっと抜けると告げて部署を出た。

上松が定時で上がっていったのは知っていたが、まさか彼女と会っているとは思わなかった。というか、彼女にもヤツには会うなと釘を刺していたのに、と焦燥《しょうそう》が増す。

モヤモヤとしたものが渦巻く中、スマホを取り出し彼女に連絡を入れる。案の定というかなんというか、コール音はするものの一向に出る気配がない。

――やりやがったな、上松。

ここ数日、残業続きで今日くらいは休ませてやろうと定時で帰らせた。まさか、それが裏目に出るとは……あいつは何をやっているのか。

何かあった時の為に、珠海の居場所が把握できるアプリを事前にインストールしておいてもらった。そのおかげで、彼女の居場所は今、自分のスマホのマップ上に表示されている。

会社から徒歩で五分くらいの場所にある、商店街の手前。住宅街の一角だ。大通りから外れた場所に連れ込まれたようだった。珠海のアイコンがそこから動かないということは、立ち話でもしているのだろう。

マップを見たまま、チッと舌打ちする。

エントランスを出てすぐのところに、珠海の同僚である諫山さんが立っていた。俺の姿を見つけると、ハッとしたような顔で「斎賀さん！」と声を上げた。

「すみません、漆瀬さん連れ去られちゃいました」

「分かってる」

心配そうな諫山さんに声をかけ、立ち止まることなく社屋を飛び出した。

そこからは目的地に向かってただひたすらに走った。

走っている間、珠海の無事だけを考えていた。そうして彼女がいるはずの路地に入り、二人の姿を捉《とら》えた瞬間、一気に上松に対する怒りが込み上げてきた。

それと同時にどうして自分との約束を破ったのかと、彼女に対する苛立ちが生まれた。

――二人きりになれば、絶対こうなると、分からないわけじゃないだろう。

何故彼女は、わざわざ自分から危険な目に遭いにいくのか。

彼女のことが大事だからこそ、そのことに腹が立った。

『ごめんなさい!!』

必死に謝る彼女は、自分が何をしたかちゃんと理解している。だからもう、彼女に言うことはない。そう頭では理解していた。

しかし、思っていた以上に自分の感情はごちゃ混ぜになっていたらしい。

今の俺は、衝動のまま彼女をきつく叱って余計に落ち込ませたり、他の男と二人きりになるなと独占欲を丸出しにしたりするかもしれなかった。

――そんなみっともない姿を、彼女に晒《さら》せない。

彼女を前にすると、年上の落ち着きも何もなくなる。せめてもの矜持《きょうじ》として、その場を去った。

しかしこの時の行動を、後になって盛大に後悔することになった。

上松との一件があった翌日。

廊下を歩いていると、ちょうど総務の諌山さんと顔を合わせた。

「あ、斎賀さん。昨日はお疲れ様でした」

まるで仕事のことをねぎらうように接する諌山さんに、ほんの少しだけ苦笑する。

「いや、こちらこそ。すぐに連絡してもらって助かったよ、ありがとう」

「綺麗な恋人を持つと大変ですね、なんちゃって。一応、誤解がないように言っておきますが、二人で会うことを強要したのは上松さんですからね。漆瀬さんは断ったのに、押し切られちゃったみたいです」

「そうなのか？」

聞き返すと、諌山さんが力強く頷いた。

「当たり前じゃないですか。最近は落ち着いてましたけど、彼女、上松さんには嫌な目に遭わされてますし。だからこそ、私に相談してきたんですよ」

――上松……あいつ……

沸々《ふつふつ》と怒りが込み上げてくる中、諌山さんがハアーとため息をついた。

「しっかし、まさか熱出すなんてねえ。よっぽど昨日のことが応《こた》えたのかな、漆瀬さん」

書類を胸に抱え、心配そうに首を傾げる諌山さんに、思えず「え？」と聞き返していた。

「熱を出した？　漆瀬さんが？」

「ええ。朝イチで電話が来たそうですよ。昨夜から熱を出して今日はお休みするって……斎賀さんには連絡きてないんですか？」

「ない」

そう答えると、諌山さんが気まずそうな顔をする。

「えーっと……たぶん、漆瀬さんのことだから、斎賀さんに心配かけたくないから連絡しなかっただけだと思いますが……」

「フォローありがとう。大丈夫だよ。昼休みにでも連絡入れてみる」

「そうしてください。では、私はこれで」

諌山さんが笑顔で去った後、すぐに昨日のことを悔やんだ。

――昨夜ってことはあの後だよな……

余計な言葉で彼女を傷つけてしまわないよう敢えて距離を置いたのだが、その選択は間違いだったのかもしれない。

恋人である自分がもっと彼女を気遣うべきだったのに。

配慮の足りない自分を腹立たしく思いながら、まず先に別件を片付けることにした。上松だ。

昼休みの前に上松を呼び出し、自販機の前でコーヒーを飲みながら二人で話をする。

上松は呼び出された理由をおおよそ察知していたのだろう。すぐに向こうから謝ってきた。

「すみませんでした」

「いきなりか」

「だって、どうせ昨日の漆瀬さんのことでしょう？　分かりますよ」

紙コップを持ったまま、上松が子供のように口を尖らせる。こんな顔をしなければ、仕事のできるスマートな男なのに……勿体ない。

「まあそうだけど。俺、お前に言ったよな？　彼女と二人で会うのも、この件について彼女に文句を言うのもやめろと」

「……言われましたけど。でも、今回俺は悪くないですよ。最初に話があるって言ってきたのは漆瀬さんですからね」

「でもお前が、断る彼女に二人きりで会う約束を無理強《じ》いしたんだろ」

諫山さんの証言を元に当たりをつけたら、分かりやすく上松の目が泳いだ。

「そ……んなことはしてませんけど」

——こいつ意外に嘘がつけない奴だな。

「嘘言え。証言は取れてるんだよ」

ムッとしたまま、上松が黙り込む。この男のこういうところは、本当に大人になりきれない子供のようだ。

「だって、腹立つじゃないですか！　俺のことは速攻で振ったくせに、そのすぐ後に斎賀さんと付き合い始めるなんて。こんなの、俺に対する当てつけにしか思えなかったんですよ」

「当てつけじゃない」

「でも！」

「違う。彼女はそういうことをする女性じゃない」

上松を見て、はっきり違うと言ってやった。上松の目は、何か言いたげに揺らいでいた。

「確かにそうかもしれませんけど……でも、悔しかったんです。だから、言わずにいられなかったんです」

これが上松の本音だろうなと思った。欲しい物を他人に取られて駄々をこねる子供のそれだ。

「俺も男だから、悔しい気持ちは分からなくもない。でも、それを好きな相手にぶつけるのは間違っている。一方的に気持ちをぶつけた挙げ句、それが叶わないからと相手を責めるのは、男として正しいことか？」

問いかけに上松が黙り込む。

「相手のことを責める前に、まず自分の言動が正しかったのか考えろ。それができないうちは、恋愛はおろか人間関係も上手くいかないぞ。……分かるな？」

痛いところを突かれた、とでも言わんばかりに上松の視線が泳ぐ。

「……わ、分かります……実は昨日、漆瀬さんにも言われたんで……」

――言われたのか。

「これきりだからな。今度、彼女に同じようなことしたら、俺はお前を許さない」

断言すると、上松がさーっと青ざめていく。

「え。斎賀さんマジっすか」

「マジ」

「でも、それって漆瀬さんと付き合っている間だけですよね？　別れたらもういいんですよね？」

「残念ながら、彼女と別れるつもりはないよ」

はっきり言ってやったら、上松が言葉を失い立ち尽くす。というか、俺達がそのうち別れると思われていたのが、非常に腹立たしかった。

「お前、あれだけ嫌な目に遭わせた彼女と、まだどうにかなれるとか思ってないよな？　いい加減可能性がないことに気づけ」

上松の顔が分かりやすく赤くなっていく。さすがに恥ずかしいらしい。

「そ……そんな言い方、ひどくないっすか⁉」

「そう。彼女を傷つける奴には容赦しないんだ、俺。話は以上だけど、何か質問は」

「あるわけないですよ！　ここまで言われて漆瀬さんにまた行くとか自殺行為じゃないですか。

だったら別のいい人を探しますよ」

羞恥《しゅうち》と悔しさとで顔をくしゃくしゃにした上松に、ふっ、と笑いが込み上げてきた。

「その方がいい。お前ならすぐにいい人が見つかるよ」

素直に思ったことを言ったら、上松が口元を歪《ゆが》めた。

「キレたり褒《ほ》めたり。斎賀さんは俺をどうしたいんすか……」

複雑そうにしている上松に、今度は「ははっ」と声を出して笑ってしまう。

とりあえず、これだけ釘を刺しておけば、今のところ大丈夫だろう。

手にしていたコーヒーを飲み干し、珠海のことを考える。

体調は大丈夫だろうか。今頃彼女はベッドの上で何を思っているのだろうか。

――まずは謝らなければ。

彼女のことを考えながら空《から》の紙コップをゴミ箱に捨て、部署に戻った。

＊＊＊

斎賀さんを怒らせてしまった。

そのことがショックだったからか、上松さんとのことが精神的にきたのかは分からないが、家に帰った私は熱を出して寝込んだ。

――不甲斐《ふがい》ない……

自分の部屋の天井を見つめ、はー……とため息をついた。

「珠海〜、熱はどう？」

祖母がお粥《かゆ》を作って持ってきてくれた。熱を測ると、一時は三十八度まで上がっていた熱が、三十七度台にまで下がっていた。

「下がってきたね、よかったよかった。それにしても珠海が熱を出すなんて珍しいわねえ」

「そういえば、そうだね……」

持病もなく、滅多に熱も出さない。そんな私が、いきなり熱を出すなんて、よっぽど斎賀さんを怒らせたことが応《こた》えたのかもしれない。

――実際、すごく落ち込んだけど……

何気なくベッド脇に置いたスマホを見つめる。

あの後、斎賀さんからは何も連絡がないまま一晩が過ぎた。お昼頃、たぶん、誰かから私が休んでいることを聞いたのだろう。【休んでいるみたいだけど、大丈夫？】とメッセージが送られてきた。熱を出したと伝えると、ゆっくり休んで、という短いメッセージが返ってきた。そのあたりは、いつもの斎賀さんだった。

彼は大人だし、もう怒ってはいないのかもしれない。

でも、私の気持ちはまだ沈んだままだった。

――そんな大人の斎賀さんを怒らせた。これじゃ私、恋人失格だ……

本当に、どうしていつもこうなんだろう。なんかもう、私って徹底的に男性と相性が悪いのかな。

熱のせいか、落ちるところまで落ちた。そのうち、だんだん考えることが苦痛になってきて、もういいやとふて寝するみたいに布団をかぶり、目を閉じた。

「珠海、お客さん来てるけど。上がってもらう？　それとも帰ってもらう？」

ベッド脇に来ていた祖母の声で目が覚める。いつの間にか周囲はもう真っ暗だった。

「んー……？　誰……」

目を擦りながら聞き返すと、祖母が「斎賀さん」と言った。その瞬間、私は反射的に上体を起こしていた。

「ええっ⁉　さ、斎賀さん⁉　斎賀さんが来てるの？」

「そうだけど。本人は帰るって言ってるのを、無理に引き止めて待っててもらってるんだけど、どうする？」

「あ……の、マスクするから、上がってもらって」

「分かった」

祖母が部屋を出ていくのを待たずして、私はさっと部屋の中を見回す。特に散らかってはいないし、見られて困る物はない。それを確認してからマスクをしてベッドに戻る。階段を上がってくる足音が聞こえて、トントンというノックの後、開いていたドアから軽く頭を下げながら斎賀さんが顔を出した。

「寝ているところに申し訳ない」

「さ、斎賀さん、すみません、わざわざ来ていただいて……」

「いや、全然。これ、お見舞い。よかったらご家族でどうぞ」

そう言って斎賀さんが手にしていた紙袋を私に差し出した。お礼を言って紙袋を受け取り中を見ると、綺麗な網目模様のメロンが入っていた。

「メロン！」

普段なかなか食べない高級品を前に、つい声のボリュームが大きくなった。

「好き？」

「大好きです……！　家族も喜びます」

しみじみメロンを眺めていたら、斎賀さんがクスッと笑った。ちょっと我を忘れて喜びすぎたかもしれない……と恥ずかしさが込み上げてくる。

――いけないいけない……落ち着こう……

「体調はどう？」

心配そうに眉をひそめた斎賀さんが、私のベッドの横に腰を下ろす。

「熱だけです。昨夜は三十八度ありましたけど、今はもう微熱程度なので……」

「そうか。ひどくならなくてよかった」

ぽつりと呟いて、斎賀さんは視線を落とし、黙り込む。それを見ながら、私もかける言葉が見つからなくて無言になってしまう。

「「……」」

――あんなことがあった後だから、というのもあって気まずい……でも、謝らないと。

「あの……さ……」

「ごめん」

謝ろうと思って口を開いたら、先に斎賀さんに謝られた。でも、どうして謝られているのか分からない。

「え？　あの、なんで斎賀さんが謝るんです？」

尋ねると、斎賀さんは申し訳なさそうに視線を落とした。

「昨日は申し訳なかった。あれほどあいつに会うなと言ったのに何故、という気持ちが抑えきれなくて、冷たく当たってしまった。本当なら君を家に送るべきだったのに、一人で帰らせてしまって……もしかしたら、あの時点で体調を崩していたかもしれないのに」

「えっ。そんな……謝らないでください。帰宅するまでは、本当になんともなかったんですから。それに、謝らなければいけないのは私の方です。斎賀さんに上松さんと二人で会うなって念を押されていたのに、約束を破ってしまって……」

もう一度ごめんなさい、と小さく謝る。そんな私を見つめ、斎賀さんは苦笑した。

「しかし、どうして上松に会おうと思ったんだ？　君、あいつが苦手だっただろ」

「……私、やっぱり自分できちんと説明するべきじゃないかって思ってしまって……それに、上松さんとのことを斎賀さんに丸投げしたくなかったというか……」

「別に丸投げしてくれて構わないのに。君は変なところで真面目だな」

「ダメですよ！　斎賀さん、それじゃなくても忙しいのに、私のせいで余計な面倒をかけるのは嫌だったんです……なのに、結局迷惑をかけてしまって……」

自分で言って気持ちが沈んでいく。でも、斎賀さんの顔には笑みが浮かんでいた。

「君に迷惑をかけられるのは嫌じゃない。というか、君に関わることは俺にとって面倒なことじゃないから」

「え……」

斎賀さんの一言で、たちまち胸に火が点《つ》いたように温かくなる。思わず顔が笑ってしまいそうになるのを必死で堪《こら》えた。

「ついでに白状すると、上松と二人で会うなっていうのは心配もあるけど、ただ単に俺が嫌だったからだ。つまり俺のわがままだな」

斎賀さんが申し訳なさそうに額《ひたい》に手を当て、項垂《うなだ》れている。こんな彼を見るのは初めてだった。

「……面倒な男で申し訳ない。こんなんじゃ君に愛想を尽かされるかもしれないな」

気落ちしたように呟いたその内容には、反論せずにいられなかった。

「そんなことありません！　むしろ、いつも助けてくれて本当に感謝しているんです。斎賀さんのおかげで私、前よりずっと自分のことが好きになっているんで」

「……俺のおかげ？」

「はい。すごく」

マスク越しでも分かるくらいの笑顔を返す。それに反応した斎賀さんも微笑んだ。

「そうか。そんな風に言ってもらえるのは嬉しいね」

噛みしめるように言って、斎賀さんが私に向かって手を差し出した。なんだろう、と思いながらその手を見つめていると、痺《しび》れを切らしたように彼が布団の上にある私の手を掴み、指を絡ませて握った。

「今度の週末、二人で会おう。だから、しっかり養生《ようじょう》して早く元気になるように」

握った手をもう片方の手で包み込まれる。斎賀さんの温もりに包まれ、幸福感でいっぱいな私は、無言で何度も頷いた。

「……熱、まだあるんだよな？」

私を見つめ、斎賀さんがそう呟いた。

「はい……微熱程度ですが」

「うん……」

それきり無言になった斎賀さんは、私の手を握り返したり、手の甲を撫でたりしている。

――どうしたんだろう？　何か、言いたいことがあるのかな……？

「あの……斎賀さん？」

「ああ、いや……ただ、離れがたいと思っていただけ」

「えっ……」

彼は私を見つめ、珍しくにっこりと微笑んだ。そんな斎賀さんを前に、矢が刺さったかのように胸が痛み、ドキドキが止まらなくなる。

「顔が赤いな。もしかして、熱が上がってきたんじゃないか？」

笑顔から一転、心配そうな表情になった斎賀さんに、私はふるふると首を横に振った。

「そういうわけじゃないと思います……」

「そう？　ならいいけど」

「離れがたいのは、私も一緒です」

同じ気持ちだということを白状すると、斎賀さんが口元を押さえて黙り込んだ。

「……早く、元気になって」

「はい……」

元気になったらもっと斎賀さんとくっつきたいです。

そんな言葉が喉まで出かかったけど、言うのはやめておいた。


結局その晩熱が上がることはなく、翌朝には体調は元に戻っていた。

出勤すると、真っ先に向井さんが私に駆け寄ってきた。

「漆瀬さんおはよう。体は大丈夫？」

「はい、ご心配をおかけしました。すっかり元通りです」

「そう……よかったわ。漆瀬さんが休むってあまりないから心配してたのよ～」

「すみません……私も熱出してびっくりしました……」

仕事の引き継ぎなどをしてから向井さんが去ると、今度は諫山さんが近づいてきた。

「漆瀬さん、もう大丈夫なの？」

「はい、おかげ様でいつも通りです。ご心配をおかけしました」

「いいのよ、いろいろと大変だったのは漆瀬さんなんだから。それより私、昨日折居さんに上松さんのことチクっちゃったわよ」

諫山さんに言われた内容に、数秒フリーズしてしまう。

「え……あの……なんで……？」

「だって、はっきり振られているくせに、漆瀬さんが強く言えないのをいいことにやりたい放題じゃない？　さすがに男としてどうなのって思ったから、ちょっと電話する用があったんで、ついでに言っちゃった」

「言っちゃったって……あの……それで、折居さんの反応は……？」

「珍しくキレてたわよ。あの野郎、一度シメねえと分かんないのかって」

「えええ……」

――いつも軽いノリの折居さんがそんなことを言うなんて……信じられない……

私が言葉を失っていると、諫山さんが「もう一つ」と付け足した。

「折居さんが、この機会にもう一度広報への異動を考えてみないかって言ってたわよ。せっかくのお誘いなんだし、前向きに考えてみたら？」

何度か断ったのに、折居さんはやっぱりまだ諦めていないらしい。

「……でも、やっぱり広報の仕事は、私には難しいと思うんです」

「そんなことないわよ。確かに以前のあなたなら、私も勧めなかったかもしれないけど、今のあなたは前とは違うじゃない？」

確かに以前の私なら、異動するくらいなら会社を辞めていたと思う。

でも、斎賀さんや諫山さん、向井さん、ついでに上松さんのおかげで、少しずつ意識が変わってきているのは分かっていた。少なくとも、今の私は前よりも人前に出ることが嫌じゃない。

「……諫山さんは、私に広報の仕事ができると思いますか？」

「それこそやってみないと分かんないわよ。でも、広報なら、あなたの外見もプラスになっていいと思う。何してても目立つなら、いっそのことどんどん前に出ちゃえばいいのよ」

「どんどん前に、はちょっと難しいと思いますけど、そんな風に自分を変えられたらいいなと思います……」

――ちゃんと、考えてみようかな……異動のこと。

こんな気持ちになるなんて自分でもびっくりだ。でも、今までずっと殻に閉じこもっていた自分にとっていいきっかけになるかもしれない。そう思うと、少しだけわくわくした。

その日の昼休み。私が食べ終えたお弁当箱を片付けていると、部署の入り口から声をかけられた。そこに立っていたのは、倉科さんだった。

「漆瀬さん、今ちょっといい？」

呼ばれて、倉科さんと二人で部署を出て人気の少ない廊下に移動した。今度は何を言われるのだろう……と身構えていると、何故かいきなり倉科さんの表情が曇った。

「この前は、ひどいことを言ってごめんなさい」

「え、く、倉科さん……？」

まさか謝られると思っていなかった私は、ポカンとしてしまう。

「私、上松君があなたにしたこと何も知らなかったの。だけど、上松君本人からそれを聞いて、驚いて……。それなのに私、上松君を振った漆瀬さんが悪いみたいなことを言ってしまって……本当にごめんなさい」

顔を上げた倉科さんは、乱れた前髪を直しながら、申し訳なさそうに視線を落とす。

「正直に言うと、あなたにいろいろ言っちゃったのは、ほとんどやっかみだった。私、上松君のことちょっといいなって思ってたから、彼に好かれてるあなたが羨《うらや》ましくて仕方がなかったの」

「倉科さん……」

どこかスッキリした顔の彼女を見つめる。私と視線を合わせた倉科さんの口元が、ほんの少し笑みを浮かべた。

「私以外にも、あなたのことを陰でこそこそ言ってる人がいるけど、たぶんみんなあなたが羨《うらや》ましいだけだから……最近の漆瀬さん、以前に輪をかけて綺麗になってるし。まあ、それは斎賀さんのおかげだと思うけど」

「はは……」

「それより、斎賀さんとのお付き合いって、本当に漆瀬さんから申し込んだの？」

「はい、そうですよ」

「……聞くのは二回目だけど、やっぱり信じられないわ……」

驚愕《きょうがく》した様子の倉科さんがしみじみと呟いた。そんなに私からお付き合いを申し込むのは意外なのだろうか。

私が困り顔で立ち尽くしていると、焦ったように倉科さんが謝ってきた。

「ご、ごめんなさい。漆瀬さんって、自分から告白したりしなさそうだったから……」

「いえ、その……男性に告白したのは、今回が初めてです。気持ちに気づいたばかりで告白するつもりなんてなかったんですけど、なんか、衝動的に……」

「へえ。そうなんだ！　……斎賀さん驚いたんじゃない？」

「そうですね。すごく驚かせてしまったようで、申し訳なかったな、と」

まさかその場で振られたなんて言えなくて、事実は明かせなかった。

七

体調も元に戻った週末。私は斎賀さんのマンションに来ていた。

そこで、ここ数日、自分にあった変化を斎賀さんに報告する。

「広報に異動することを決めたんだ？」

「はい……たぶん、もうじき辞令が出ると思います」

リビングのソファーでお茶を飲みながら、私は静かに頷いた。

これまで何度も折居さんから打診があった、広報部への異動の話。家族をはじめ、諫山さんや向井さんにも相談し熟考した結果、異動を受け入れることにした。

「以前の私だったら考えられないことですけど、今なら環境を変えるのもいいかなと……それに、自分を必要と言ってくださった気持ちに精一杯応《こた》えようと思ったので、決めました」

最初はチャラいだけかと思っていた折居さんが、私に絶対向いているからと熱心に誘ってくださったことも大きい。何より、諫山さんや向井さん、斎賀さんの後押しのおかげもある。

「広報に行けば、表に出ることが格段に増える。でも、どこにいても目立つなら、堂々と表に出てしまえばいいという折居先輩の意見はもっともだと思う。それに会社の顔として目立つようになれば、やっかみを言う人も減るんじゃないかと密かに期待してるんだけどね」

「そうなるといいんですけど……」

クスッとしながら、お茶の入ったマグカップに口をつけた。

正直言って、長年在籍した部署を離れるのは寂しさもある。だから本当に悩んだ。でも、二十八歳の今しかできないことがきっとある。

そう思ったら、自然と挑戦してみたいという気持ちが先に立った。

「何かあったら折居さんを頼ればいい。あの人は表向きチャラく見せてるけど、中身は相当しっかりしてる。なんせ俺、あの人に将棋で勝てた試しがないから」

ソファーの背に凭《もた》れながら、斎賀さんが腕を組む。今日の斎賀さんは白いTシャツに黒いデニムというスタイル。洗いざらしの長い前髪が眼鏡にかかっている。

これまで何度か、こういうラフな格好の斎賀さんを見ているけれど、飾らない彼もやっぱり素敵で、度々見惚れてしまう。

そんな斎賀さんが口にした折居さん情報に、すぐさま反応した。

「え。斎賀さんが勝てないいんですか⁉」

「そう。あの人、めちゃくちゃ強いんだよ。プロ棋士ばりに先を読んでる。それだけ能力のある人なんだ。だから君のことも絶対広報に向いてるって確信があったんだろうな。でなきゃあんなに熱心に誘ってこないと思う」

「そう……なんですね……でも、斎賀さんが信頼している折居さんの元なら、頑張っていけそうな気がします」

「うん。頑張れ」

笑顔で頑張れなんて言われたら、めちゃくちゃやる気が出た。

――斎賀さんの期待にも応《こた》えられるように頑張ろう……

やる気を漲《みなぎ》らせていると、斎賀さんが頬杖を突きながら私に視線を送ってくる。

「ところで、この後はどうしようか？　どこか行きたいところはある？」

「え？　行きたいところ……ですか？」

「うん。せっかくの休日なのにずっと部屋にいるだけじゃ飽きるかなと」

「そんなことないですよ。私、斎賀さんと一緒にいられるだけで幸せなので。一日中ここでも平気で……」

私が話してる途中辺りから、斎賀さんの視線に熱を感じ始めた。それを見て、自分は何か変なことを言っているのではないかと、不安になってくる。

「あ、あの……？　私、何か……？」

おろおろする私に、斎賀さんがフッ、と口元を緩めた。

「俺、ずっと部屋にいたら欲望を抑えられないかも。それでもいいの？」

「え。さ……斎賀さんが、ですか？」

いつも冷静な斎賀さんの口から出た思いがけない言葉に、私は彼を見つめたまま顔を赤らめる。

「そりゃまあ、俺も男なんで。自分の部屋で好きな女性と二人きりでいるのに、触れられないなんてどんな拷問《ごうもん》かっていうくらい無理」

冷静な表情と真逆な雄《おす》っぽい発言に、私の胸がうるさいくらい音を立てた。

「そ……れならそうと、早く言ってくれれば……」

「抱いてもいいってこと？」

綺麗な笑顔で微笑まれて、キュンとした。これ、断れない流れだ。断るつもりもないけど。

――だって、私もいつその流れになるのかって、ずっとドキドキしてた。

「いいですよ。なんなら、今すぐに……でも」

大胆すぎるかなと思いつつ、正直な気持ちを伝えて斎賀さんを窺《うかが》う。彼は少し驚いたような顔をした後、静かに立ち上がった。

「じゃあ、お言葉に甘えるとしよう」

そう言って私の手を掴むと、斎賀さんは無言のまま寝室に歩き出した。

寝室に移動した私達は、ドアを閉める時間も惜しいとばかりに顔を寄せ合いキスをした。

「……ん、さ、斎賀さんッ……」

「陣」

斎賀ではなく、陣と呼べと。

多くは語らないけど、有無を言わさぬ斎賀さんに負けた。

「……じ、陣……さん……」

お互いの頬に手を添えながら、触れるだけのキスを何度も交わした後、陣さんが深く口づけてきた。おずおず差し出した舌を食《は》まれ、吸われ、口いっぱいに陣さんの舌が這《は》う。

「……珠海」

いつもと違う陣さんの甘い声が私の名を口にする。

それだけで全身が熱くなってしまうのは何故だろう……そんなことを考えている間もキスは止まらない。少しずつ後ずさりしていく私の脚が、ベッドに当たり、薄いグレーのカバーがかかった布団の上に一緒に倒れ込む。そのまま私達は、キスを続けた。

すぐにスカートの中に入ってきた手が、私の太股を撫で回しショーツに到達した。その手は躊躇《ためら》うことなく、中央のクロッチ部分を優しいタッチでなぞり始める。

「ん、あ……」

その感触がもどかしくて、私は太股を擦り合わせて快感を逃がそうとする。

身を硬くして堪《こら》えていると、おもむろに陣さんが体を密着させて首筋に唇を強く押し付けてきた。露《あら》わになっている肌を数回吸った後、彼の手は私のトップスを胸の上までたくし上げ、ブラジャーに包まれた乳房を露出させた。

「真っ白だな」

乳房に視線を落としつつぽつりと漏らした陣さんは、素早く背中に手を回しブラのホックを外した。途端に胸元の締め付けが緩む。彼はブラを上にずらすと、羞恥《しゅうち》でふるりと震えた乳房を片手で包み込んだ。

「んッ……」

くすぐったさにビクッと体が震える。それを陣さんは見逃さない。

「どうした？　手が冷たかった？」

「い、いえ……くすぐったかったので……」

「……じゃあ、これは？」

上目遣いで私の反応を確認しながら、陣さんの指が乳房の先端に触れた。その瞬間、分かりやすいくらいビクッと体が震えてしまう。

「あっ」

「可愛い声だな」

笑顔のまま、今度は乳首を口に含まれる。唇がそれに触れただけでもピリッとした快感に襲われたのに、口に含んだまま強く吸い上げられると、腰が浮くほど感じてしまった。

「ひ、あっ……あ……!!」

陣さんは口に含んだ乳首を舌で巧みに嬲《なぶ》った。舌先でツンと触れたり、舐《な》め転がしたり、そんな舌の感覚が呼び起こす快感が、胸先から全身に広がっていく。

「んっ……だめ、それ……気持ち良くなっちゃいます……」

「いや、気持ち良くなってほしくてやってるんで」

陣さんが笑いながら、私の服を頭から抜き去り、ブラジャーを腕から外した。半裸になった私をまじまじと見下ろした彼は、一気にスカートとショーツも脱がした。

あっという間に全裸にされて、たまらず両腕で胸を隠すと、不満を含んだ声がした。

「綺麗なんだから、隠さないで」

言いながら陣さんも手早く身につけていたシャツを脱いだ。

「そう言っていただけるのは嬉しいんですけど、明るいし……は、恥ずかしいです」

夜なら気にならないけど、今はまっ昼間だ。窓から差し込む光に肌が晒《さら》され、小さなほくろすら見つけられそうなこの状況は、かなり恥ずかしい。よく考えたら、この前も昼だった。

だけど、陣さんの感想は私とは正反対だった。

「そう？　俺としては、隅々まで見たいので、昼の方がありがたい」

そんなことを言われたこっちはたまらない。

「そ……そんな、やめてください……」

「なんで。好きな人のことは、なんだって見たいし知りたい。それはごく当たり前のことだと思うけど。君は違うの？」

それには反論できない。だって私も、陣さんのことはなんだって知りたいと思っているから。

「違わない……です。私も陣さんのことは、なんでも知りたい……」

目を合わせると、陣さんが優しく微笑んだ。

「意見が一致したな」

言いながら、陣さんが私の脚を開かせ、その間に体を割り込ませた。繁みを撫で、静かに蜜口に指を差し込み、浅いところを何度か往復させる。

「んっ……」

指が自分の中で蠢《うごめ》く感触に身悶《みもだ》えた。緊張で硬くなっていた体が徐々に解け、彼の指の動きに身を任せる。

最初は浅いところだけを往復していた指がいつの間にか二本に増え、奥まで入ってくる。それに伴い溢《あふ》れ出る蜜の量も増え、気づけばジュブジュブと音を立てるほどになっていた。

陣さんの指に翻弄《ほんろう》され感じまくっている自分が恥ずかしくて、腰から下が直視できなかった。

「あっ、あっ……！　だ、だめ……です、そんなこと……」

「だめって何が。こんなに喜んでるのに？　君のここ、すごく濡れてるよ」

いつもと変わらない冷静な物言い。だけど、吐息が荒くなっている。

私はふるふると頭を横に振りながら、精一杯の反論をする。

「陣さん……いつもより、イジワル、です……っ」

「うん、そうかもしれない。っていうか、この状況で冷静になんかなれない」

私の反論を軽くスルーして、彼は手の動きを更に速くした。

膣壁を擦られ、時折蜜口の上にある小さな蕾《つぼみ》を指の腹でぐりぐりと押し潰されると、強い刺激と快感で頭がおかしくなりそうだった。

——こんなの無理、耐えられない……!!

衝動に任せて声を上げたい。でも、ほんのわずかな理性がそれを抑えた。

「あ……っ！　もうむりっ……、おねがい……ッ」

「いくら君の頼みでも、これだけは聞いてあげられないな」

高まりつつあった快感が、ものすごい速度で頂点に達した刹那《せつな》、私の中で何かが弾けた。

「や、あ、ああああっ————……ッ」

我を忘れて喘《あえ》ぎ声を上げながら、シーツをぎゅっと掴んで達してしまった。私の中にある彼の指をきゅうきゅう締め付け脱力した私に、陣さんが軽いキスをしてくる。

「俺の手でイッた珠海……可愛い」

乱れた私の髪を直しながら、陣さんが微笑む。

その笑顔を見たら、達したばかりなのに彼を欲して中が疼《うず》いてしまう。

——陣さん好き……この人と早く一つになりたい……

口元に手を当ててじっと彼を見つめる。言葉以上に視線で気持ちを伝える私に、陣さんがふっと目を逸らした。その顔は、微かに赤い。

「……ホントに調子が狂う……」

「ご、ごめんなさい……あの……」

慌てて謝ったら、「違う」と否定された。

「謝ることじゃない。そうじゃなくて……ただ嬉しいだけ」

枕元に用意してあった避妊具を取り出した彼は、ショーツを脱ぎ自己主張する屹立《きつりつ》にそれを被せた。ドキドキしながらそれを見ていた私の腰を、陣さんが掴み股間に屹立《きつりつ》を宛がう。

「挿《い》れるけど……いい？」

「ん……」

口に手を当て、彼が私の中に押し入ってくる様子をじっと見守る。グッと押し付けられたそれは、いとも容易《たやす》く私の中へ沈んでいく。

「あ……ん、ん……っ」

奥に進んでいく、彼の存在の大きさに圧倒される。その間、陣さんは眉根を寄せて目を閉じ、小さく息を吐き出した。

「……っ、まだ、キツい……けど、ヤバいなこれ……」

はあっ、と大きく呼吸する陣さんは、恍惚《こうこつ》とした表情を浮かべている。

「大丈夫ですか？　ちゃんときい、気持ちいい……ですか？」

「ああ……すごく」

繋がったまま、陣さんが上体を倒してキスをしてくる。いきなり入ってきた舌に歯列をなぞられ、口腔《こうこう》を蹂躙《じゅうりん》された。

「……んッ……」

求められるまま私も舌を絡ませ、キスを繰り返す。途中、唾液が溢《あふ》れピチャピチャと音を立てているのがとても卑猥《ひわい》に感じて、下腹部が疼《うず》くのを止められない。

「……っ、珠海、締め付けがすご……」

陣さんが苦しげに呟いたので、思わず謝ってしまった。

「あ、ご、ごめんなさい、私……」

「いや、いいんだけどね……」

困ったような顔をした陣さんが、体を起こして私の腰を掴んだ。

「動くよ」

「ん……あっ！」

動く、と言われて身構える。しかし、いきなり奥まで突き上げられて、その衝撃にビクン、と体が反《そ》り返った。彼は大きく腰をグラインドさせ、私に腰を打ち付け始める。

「あっ、あっ、あんっ……!!」

一定の間隔で揺さぶられ、私はただ短く声を上げることしかできない。

最初はあんなに痛かったのに、今はもう痛みなど感じない。感じるのは、彼と一つになっているという幸福感。もちろん、それだけではなくて。

――びっくりするくらい、気持ちいい……

体の奥を穿《うが》たれる度に、全身に甘い感覚が広がっていく。それはひどく心地よい痺《しび》れのような不思議な感覚だ。

セックスって、こんなに気持ちがいいものだったんだ、とぼんやり考えていると、陣さんが腰を打ち付けるのをやめ、私から自身を引き抜く。

「珠海、後ろ向いて」

乱れた前髪を掻き上げる陣さんに乞《こ》われるまま、私は彼に背を向けた。

ドキドキしながら彼の行動を待っていると、腰に手が触れ、そのまま流れるように臀部《でんぶ》を撫でられる。

「……綺麗だな、本当に……」

手のひらから手の甲で、腰からお尻のラインを何度も触れられる。

優しいのに焦《じ》れったい手つきに、ひくひく体を震わせていると、蜜口に硬いものが押し付けられ、中に押し入ってきた。

「んっ……あ……!!」

背中が反《そ》ってしまうほどの快感に身悶《みもだ》える。

ぎゅっと目を閉じ、自分の中にいる陣さんを全身で感じた。

深いところで彼と繋がっている喜びを噛みしめながら、何度となく奥を穿《うが》たれる。

「あっ、あ……、んっ……」

喘《あえ》いでいると、背後から手が伸びてきて乳房を掴まれた。形が変わるくらい激しく揉まれ乳首をぎゅっと摘まれると、下腹部がうねるように疼《うず》き、中の彼を締め上げた。

「珠海」

陣さんが体を密着させ、私の名を呼ぶ。朦朧《もうろう》としながら肩越しに振り返るとすぐそこに陣さんの顔があって、自然に唇を重ねた。

「あ、ふ……っ」

すぐに差し込まれた舌に、無意識に自分のそれを絡めた。しばらくの間、舌だけを絡め合うキスを繰り返し、陣さんが先に唇を離した。それを名残《なごり》惜しく思っていると、彼に体をひっくり返され、最初のように正常位で貫かれた。

「ああっ……」

「……そろそろ、俺もいきたい、かな」

小さな陣さんの呟きが聞こえた。それに頷く間もなく、いきなり腰を打ち付けられ、私はあっ、と声を上げたきり言葉を発することができなくなった。

「ん、あっ、あ、あんっ……！」

激しい抽送《ちゅうそう》が始まり、腰がぶつかる音が部屋の中に響く。それをどこか遠くの方で聞きながら、私は迫りくる快感の高まりを待った。

――また、イきそ……

このままだとすぐに、イッてしまいそうだ。

「じ、陣さんっ……私……もう……！」

「……っ、いいよ、イけっ……」

初めて聞く、余裕のない陣さんの声に胸がキュンとした。

彼をこんな風に追い立てているのは私なのだと、実感する。それだけで多幸感に包まれて、絶頂が更に近く感じた。

「あ、ああ、だめ、くるっ……」

ふるふると首を横に振り、絶頂が近いことを訴えた。すると、陣さんが覆《おお》い被さるように体を密着させ、力強い腕でぎゅっと抱き締められる。たちまち、甘い痺《しび》れが大きくなった。

「ん……陣さんっ、すき、すき……」

彼の首にしがみついて、込み上げる気持ちを口にする。それに、陣さんも応《こた》えてくれる。

「俺も好きだ」

汗でしっとりしている肌と肌をくっつけ合い、思いの丈をぶつけ合う。やがて絶頂が近づき頭がぼうっとしてくると、彼がわずかに体を離し、深く口づけてきた。

「あ……っ、ふうっ……ん」

舌を出し絡め合っているうちに、じわじわと快感が高まり、そのままイキそうになってしまう。

「ん、あ……い、イッちゃ……うっ……!!」

唇を離し、彼から顔を背《そむ》けぎゅっと目を瞑《つぶ》る。私の反応を見て、陣さんは抱き締める腕に力を籠《こ》めた。

「珠海、愛してる」

陣さんが愛を囁《ささや》き、私の耳に舌を入れた。その瞬間、ゾクッと腰が震え、快感が一気に頂点へ駆け上がった。

「あっ！　あ、や……あああッ……!!」

「くっ、は……！」

下腹部がきゅうっと締まったタイミングで、陣さんが低く呻《うめ》く。そのままガクガクと体を揺らし、私の中に精を吐き出した。

はあはあと肩で息をして呼吸を整えながら、陣さんの体に抱きつく。汗ばんだ素肌に頬を擦り寄せ、彼の香りにホッと息をつく。

――陣さんの匂い、好き……すごく安心する……

目を閉じてウットリしていたら、頭の上から声が降ってきた。

「大丈夫？　辛くない？」

もしかしたら疲れて休んでいると思われたのだろうか。

「……大丈夫です。その……陣さんの匂いが好きなんです」

正直に伝えたのだが、陣さんからの返事がない。どうしたのかなと顔を上げると、陣さんが複雑そうな顔をしていた。そんな顔をされると不安になってしまう。

「え？　私、何か変なこと言いました……？」

これに対し、陣さんが手をヒラヒラさせる。

「や、そうじゃない。そうじゃないんだが。なんていうか、女性にそういうことを言われたのは初めてで……戸惑ってる」

「そうなんですか？　でも、陣さん、すごくいい匂いがしますよ。ずっとこうして嗅《か》いでいたいくらい……」

また胸に顔を近づけると、後頭部に手を添え、そのまま抱き締められた。

「……あんまり可愛いことばっか言うと、また抱くぞ」

「え……」

声音が優しすぎてまったく脅《おど》しに聞こえない。むしろ、お願いしますと言いたくなる。

「……陣さんがしたいのなら、してほしいです……」

控えめに返したら、陣さんの口元が弧《こ》を描いた。

「本当に、珠海には敵《かな》わないな……」

私の頭を撫で、ぽつりと呟く。

でも私に言わせれば、それは陣さんの方だ。

物心ついてからずっと恋愛に前向きでなかった私の心を変え、できないと思っていた恋をさせてくれた。それは全て陣さんのおかげだ。

この人だから、落ちるべくして恋に落ちた。ゆえに私にとって斎賀陣という人は、唯一無二のかけがえのない存在なのだ。

——私はとっくに、あなたには敵《かな》わないと思ってましたよ？

心の中で思いながら、ふふっと声に出して笑った。

「何、なんか可笑《おか》しいことあった？」

「ううん、なんでもないです」

「本当かな」

そう言って、陣さんが私の頭を抱えるように髪を梳《す》いてくる。

しかし、すぐに何かを思い出したように「そうだ」と声を上げた。

「珠海に一つ、提案したいことがあったんだった」

提案と聞き、陣さんの胸元から彼を見上げる。

「提案……？　なんですか？」

「もちろん、嫌だったら断ってくれていいんだけど」

「……？」

なんだろう？　と思いつつ、私は彼の話に耳を傾けたのだった。

八

広報部への異動が正式に決まり、辞令が出た数日後。

長年お世話になった総務の同僚達が送別会を開いてくれた。

業務終了後、会社から近い居酒屋に集まって、まず部長が代表で挨拶《あいさつ》する。

「えー、長年うちの部で働いてくれた漆瀬さんが広報部に異動することになりました。それと、これはまださっき聞いたばかりの情報なので私も驚いているのですが、漆瀬さんと、企画開発部の斎賀陣課長との結婚が決まったそうです」

「えええええッ⁉」

まだ話していなかった同僚数人が同時に驚きの声を上げた。その様子を、事前に話しておいた向井さんと諌山さんが楽しそうに見つめていた。

「ふふふ、驚いてる驚いてる。漆瀬さんから話を聞いてから、ずっと言いたくてたまらなかったんだけど、やっとすっきりしたわ」

皆が驚いている様子を眺めて、満足そうに微笑む諌山さんに苦笑した。

「諌山さん、ほんとにまだ誰にも言ってませんよね？　あっ、そうだ。折居さんには……」

「言おうとしたら、もう斎賀さんから聞いたって。ざーんねん。驚かせようと思ったのに」

――言おうとしたんですね……

あれほど送別会の日まで秘密でお願いします、って言っておいたのに……

そう思っていると、入れ替わり立ち替わり同僚達が「おめでとう！」と祝福しに来てくれた。

「ありがとうございます、皆さん……」

部署の異動を決めたのは自分なのに、こんなに祝福してもらえると、ここを離れるのが寂しくなってしまう。

「それにしても、結婚まで早かったわねえ。やっぱり異動が理由だったりするの?」
事情を細かく話していない同僚に聞かれ、はい、と笑顔で頷く。

『これを機に、職場だけでなく生活環境も変えてみるのはどうだろう?』

ベッドの上でそう提案されて、首を傾げた。
『生活環境ですか? それは……どういう……あ、引っ越ししろってことですか?』
ピロートークの延長で、まさかこんな提案をされるとは思っていなかった。
真剣に言われたことを考えていると、陣さんがごめん、と言って噴き出す。
『遠回しに言いすぎた。そうじゃなくて……』
陣さんが一度息を吐き出し、改めて私を見る。
『結婚しないか』
――……え?
枕に肘を突き、頬杖を突いている陣さんを見たまま、固まってしまう。
『け、結婚、ですか……?』
『そう』
冷静な陣さんに対し、私は動揺して視線が定まらない。
もちろん嬉しい。だけど、本当にいいのだろうか。

『あ、の……私達まだお付き合いして日が浅いのに、いいんでしょうか……？　あっ、もちろん私はいいんですけど！　陣さん以外の方と結婚なんか考えられないので……』

『じゃ、そうしようか』

あっさり決定しそうになり、思わず『待ってください！』と彼の胸を叩き、声を上げてしまった。

そんな私に、陣さんが胸を押さえ不思議そうに聞き返す。

『……何か問題でも？』

『も……問題っていうか、陣さんは本当にいいんですか？　その、私と結婚してしまっても……』

『いいよ。というか、君以外の女性と結婚する気ないし』

その言葉に照れて、途端に全身が熱くなった。

――本当に……？

『じ、陣さん……あの……』

『まあ、理由はそれだけじゃないんだけど』

『え……？』

理由？　と首を傾げる私に、陣さんが説明してくれた。

『広報では外部の人と接する機会が多いだろ。となると、当然ながら今後珠海に興味を持つ男性が出てこないとも限らない。だがそういった場面でも、既婚者であると周囲へ公《おおやけ》にしておけば、君も安心して広報の仕事に集中できると思うんだけど』

『……それは、そう……かもですね』

確かに陣さんが言うことにも一理ある。私は深く頷いた。

――あれ？　でもその場合、私って斎賀姓を名乗ることになるのかな？　斎賀……珠海？

一人で勝手に考えて、勝手に照れていると、頭の上から優しい声が降ってきた。

『ん？　何？　どうかした？』

『や、あの……公《おおやけ》にするってことは、……私、会社で斎賀姓を名乗るのかなあ、なんて……』

『ああ、俺はどっちでもいいよ。斎賀でも、漆瀬のままでも。とりあえず、先に指輪だけは用意するから』

あっさり言われて、ガクッとなる。でも、すぐに聞こえた指輪というフレーズに心がときめいた。

『えっ!?　ゆ、指輪……』

『分かりやすいだろう？　俺としても、自分が贈ったものを君が身につけてくれたら、離れていても多少は安心できるので』

『……え？』

言い方はさりげないけれど、今のはつまり……

言葉の意味を理解したら、ボッと顔から火が出そうになった。

『なんで真っ赤？』

突然、様子がおかしくなった私に、陣さんが苦笑する。

『だって……そんなこと言われたら照れます……』

『照れるって。さっきまでもっとすごいことしてたのに』

ははっ、と声を上げて笑われた。

『そ……それとこれとは別なんです……』

『で、返事は?』

『……はい、よろしくお願いします……嬉しいです……』

『こちらこそ。ありがとう』

笑顔で頭をくしゃくしゃにされながら、その後また甘い時間を過ごした……というのが、この話が出た時の流れだ。

言われてすぐは異動のことが絡んでいたせいもあって、結婚という人生の一大事を決める場面だというのにどこか冷静だった。でも、時間が経つにつれ、じわじわと陣さんと結婚できるという事実を頭が認識し、幸せが溢《あふ》れて止まらなくなってしまった。

――嬉しかったなあ……初めて本気で好きになった人と結婚できるなんて、すごいことだと思う……

その時のことを思い出してつい顔が緩む。それを同僚に指摘され、ハッと現実に引き戻された。

「そ、そうなんです。タイミング的にちょうどいいし、心機一転、斎賀姓を名乗って頑張ろうかなって……」

「あ、そこはやっぱり斎賀姓を名乗るんだ」

「はい。今のままでもいいかと思ってたんですが、母に勧められまして」

結婚して斎賀さんの戸籍に入るにしても、職場では旧姓を名乗ることができる。名札や名刺の作成も手間だし、そのままでもいいかなと考えていたのだが、それを母に話したら反対された。

『せっかく結婚するんだから、いっそのこと全部斎賀さんのお名前にしちゃいなさいよ。それに、斎賀さんあんなに格好良いんだもの。結婚後もモテたら困るじゃない？』

母の指摘に、頭が真っ白になった。

『そ……そうだよね、そういう心配はある、よね……』

『でしょ？　心配でしょ？　だったらあなたも斎賀姓を名乗っちゃえば、さりげなく周囲に妻ですってアピールできるし。絶対そっちの方がいいわよ』

確かに母が言う通り、斎賀さんは誰がどこから見ても格好いい。

それにこれは私の勘だけれど、あの人は年を重ねる毎にダンディー度が増すタイプのような気がする。となると今後、大人の男の色気にやられる若い女性社員が現れないとも限らない。

というわけで、漆瀬のままから一転して、斎賀姓を名乗ることを決めたのである。

――周りにはこんな理由だなんて言えないけど……

心の中で苦笑しながら梅サワーを飲んでいると、別の社員との話を終えた諌山さんが隣に戻ってきた。

「漆瀬さんが広報行きを決めたこと、折居さんすごく喜んでたわよ。これからはうちの広告塔として頑張ってもらうって言ってたわ」

諌山さんがお猪口《ちょこ》に手酌《てじゃく》でぬる燗《かん》を注《つ》ぐ。どうやら彼女は日本酒が好きらしい。

代わりにお酌《しゃく》をしようとしたら丁重に断られたので、彼女がお酒を飲むのを見つめながらふうっと一息つく。

「広報部に行くのはいいんですけど、上手くやっていけるか、まだ不安はあるんですよね。もしかしたら合わなくて、早々に総務に戻ることになったりして……」

「大丈夫でしょ。折居さんがいるんだもの、あの人のことだからきっと、漆瀬さんがやりやすいように部内を上手く纏《まと》めてると思う。じゃなかったら何度も熱心に口説《くど》いてきたりしないわよ」

「……諫山さん、折居さんのことよく分かってるんですね……」

「そう？　でも、分かりそうなもんじゃない？　あの人の考えそうなこと」

まるで折居さんの心の内が理解できているみたいな発言に、正直驚いた。もしかして諫山さんと折居さんはお付き合いをされているのだろうか。

「あの……諫山さんと折居さんって、お付き合いを……」

「してないわよ」

スパッと一刀両断《いっとうりょうだん》された。

——なんだ……してないのか……

肩透かしを食らってがっかりしていると、「でも」と諫山さんが話を続ける。

「私は好きなんだけどね。ただあの人、恋愛に関しては何考えてるかよく分かんないから、私がどう思われているのかは謎なんだけど」

お猪口《ちょこ》を片手にしみじみ呟くその姿は、哀愁《あいしゅう》を感じさせる。まるで日本酒のＣＭのワンシーンのようだ。

思いがけず諌山さんの気持ちを知ることになった私の方が、ドキドキしてしまう。

「い……諌山さん……!!　それ、折居さんに言っちゃいましょうよ……!!」

「なんで。いやよ、私はあなたと違って男性にモテるタイプじゃないんだから。言ったところで引かれるのがオチよ」

「そんなことないですよ。諌山さんのさっぱりした性格ってすごく魅力的だと思います。少なくとも私は、そう思います」

つい最近までは怖い人だと思ってたけど、実はそうじゃなかった。少し口は悪いが、味方になってもらえるとすごく頼りになる彼女に、きっと折居さんも好感を持っているに違いない。

諌山さんはチラッと私に視線を寄越すと、ふっ、と口の端を上げて微笑んだ。

「ありがとう。私、あなたのそういう優しいとこ、好きよ」

「えっ？　あ、ありがとうございます……」

女性に好きと言われて、初めて胸がドキドキした。

「諌山さん、部署変わっても仲良くしてくださいね」

「当たり前でしょ。もし芸能人と会う機会あったら写真撮って送ってね」

「ええ……」

それが狙いですか、と一瞬ガクッとしたけど、きっと彼女が言いたいことは別のところにあるんだろうな。

今の私は、なんとなくそれが理解できた。

――照れ屋さんなんだから。

私は一人でふふっと笑い、ほくほくした気持ちで梅サワーを飲んだ。


それからあっという間に時は流れ、数ヶ月後。

「陣さん。起きて？」

ダブルベッドの端っこで身動き一つせず眠っている陣さんを揺らして起こす。

たぶん昨夜も持ち帰った仕事を片付け、私が就寝してから布団に入ったのだろう。だから最近は、朝は時間が許す限り寝かせてあげることにしている。

何回か体を揺らしたら、ようやく彼が目を開けた。

「……ん、おはよ……」

「ご飯できてるよ」

上体を起こした陣さんが、しばらくぼけーっと空《くう》を見つめる。毎度のそんな姿を可愛いと思いながら、私は後片付けの残っているキッチンに戻った。

陣さんからの提案を受け、異動する前に入籍をした私達は本物の夫婦になった。

さすがに新居はまだ決まらないので、今は陣さんのマンションで一緒に暮らしている。

キッチンで作業をしながら、ふと左手の薬指に嵌《は》まっている指輪を見た。入籍の前に二人で選んだプラチナの指輪だ。

私の指には細いタイプが似合うからと陣さんが選んでくれた指輪は、少し湾曲したラインに小さなダイヤが埋め込まれキラキラ光を放っている。この指輪を見る度に、私は自分の身に起こった陣さんとの出会いという、幸運な出来事を思い返し幸せを実感するのだ。

ずっとかけていた眼鏡は異動を機にコンタクトレンズに変え、以前よりも髪形やメイクに気を遣うようになった。

最初は周囲から浮いていないか、似合っているのかが不安だったけど、ある日『素敵ね、いつもそうしてた方がいいわよ』と、諌山さんから太鼓判《たいこばん》を押してもらえたので、大丈夫なのだと一安心した。

「悪いねいつも。片付けは俺がやるから」

朝食の仕上げにコーヒーメーカーで淹れたコーヒーをカップに注《つ》いでいたら、身支度を調えた陣さんがリビングに現れた。

「いいの。私はまだ時間に余裕あるから。陣さん先に食べちゃって？」

「珠海は今日、雑誌の取材だっけ？」

陣さんが淹れたてのコーヒーに口をつけながら尋ねてくる。

「うん。でも今日は折居さんも一緒だから、あんまり緊張しなくて済みそう」

「そうか。困った時は折居さんに遠慮なく頼れよ」

「大丈夫だよ。これでもちょっとは慣れてきたんだから」

淹れたてのコーヒーにミルクを入れ、カフェオレにして自分の席に置いた。

総務から広報に異動して数ヶ月が経つ。

最初は慣れないことの連続で、仕事を覚えるのに必死だった。必死すぎてあっという間に一日が終わる。そんな毎日だった。

でも、部長である折居さんの人柄のなせる業《わざ》なのか、広報の人達がいい人ばかりで、そのことに大いに助けられている。もちろん、折居さんにもよくしてもらっているので、異動してから人間関係で困ったことは一度もない。

人間関係で思い出したのは、上松さんだ。

陣さんとの交際の件で彼と揉めた後、何度か顔を合わすことがあった。でも彼は、軽く会釈《えしゃく》をするくらいで、以前のように私に声をかけてくることはない。

嫌われたんだろうなあ、と思っていたのだが、陣さん情報によると、どうやら上松さんは、倉科さんとお付き合いを始めたらしい。

陣さん曰《いわ》く、倉科さんはかなりしっかりしているので、上松さんの子供っぽいところを上手くリードしているようだ。

『人と人って、上手くできてるよね』

そう、しみじみ語っていた陣さんの表情が今も忘れられない。

それは私と陣さんに関しても言えることだと思う。

彼との出会いで、これまでの考え方が一変した。だからこそ、昔なら絶対にできなかっただろう広報という仕事が務まっているのだし、結婚して家庭を築くこともできたのだろう。

本当に、人生とは奥深い。

リビングのテーブルに着席して、簡単に作った朝食を向かい合って食べる。今日はサンドイッチとサラダとコーヒーという、洋風メニューにした。

その時の気分によって、朝食は和食か洋食の、どちらかにしている。

「あ、そういえば。結婚式に合わせて父がこっちに来るそうです。ついでに祖父と、伯父と伯母と従兄弟《いとこ》達も来るって」

最初は父だけ結婚式に参列する予定だった。しかし、長年会っていない私に会いたいと、祖父をはじめとしたあちらの親類が、一気に団体でやって来ることになってしまったのである。

それを聞いた陣さんが、ぶっとコーヒーを噴き出しそうになっていた。

「ちょ……ええ？　最初予定していたのは親父さんだけだったよね？　えらく増えたな」

さすがに私も申し訳なく思って肩を竦《すく》めた。

「ごめんなさい……私も母も止めたんだけど、日本の結婚式を見てみたいって聞かなくて。従兄弟《いとこ》と伯父は、結婚式にかこつけて、こっちで買い物がしたいみたい」

「……まあ、仕方ないね。披露宴《ひろうえん》はまだ調整できるからいいとして、通訳は君とお母さんに任せていいのかな」

「もちろんです。お任せください」

とかいいつつ、陣さんは入籍前、米国にいる私の父と直接英語で話していた。何を話していたかは聞いてないけど、その後父が陣さんのことをナイスガイだと褒《ほ》めていた。

父が陣さんのことをどう思うか心配していた私としては、父が認めてくれてホッとしたと同時にかなり嬉しかった。

「しかし、やっぱり親父さんと会うのは緊張するな」

「まあ、そうですよね。私も陣さんのご家族と会う時、すっごく緊張したし」

「珠海の場合はまた違うだろう。うちの家族、珠海のことめちゃくちゃ歓迎してたし」

「はい……あの、すごく嬉しかったです……」

陣さんのご実家は、このマンションから一時間くらい南に移動した隣県にある。

結婚を報告するために、陣さんの運転する車でご実家に行った時、ご家族が玄関前に勢揃いして待っていたのには衝撃を受けた。

『あなたが珠海さん？　まあ、本当に綺麗な方ねえ……陣には勿体ないわあ』

真っ先に出迎えてくれたお母様の温かさにホッとして、ご家族の皆さんと次々に挨拶《あいさつ》させてもらった。

陣さんのご家族は、市役所にお勤めのお父様と看護師をされているお母様、兄弟は五つ離れた弟さんと、七つ離れた妹さんがいる。家族仲はとても良く、これまでも陣さんは定期的に実家に帰省していたらしい。

お父様は物静かな方で、弟さんも口数が少ない。その代わり、妹さんは明るかった。

『うわあああ……あの、お義姉《ねえ》さんになるんですよね……こんな綺麗な人が私のお義姉《ねえ》さんだなんて……なんか、照れちゃう……』

妹さんは何故か私を見て頬を赤らめていた。

どうしてこういう反応をされるのか、理由は分からないままご実家を後にしたのだが、帰り道で陣さんが事情を教えてくれた。

『うちの妹、綺麗な年上の女性に滅法《めっぽう》弱いんだ。珠海なんかどストライクだろう。君の写真を見せて結婚するって言ってから、いつ会えるのかしょっちゅう電話寄越してきて、正直うっとうしかった……』

珍しく陣さんがげんなりしていた。

だけど、彼のご家族にも結婚をすごく喜んでもらえたので、とても幸せな時間だった。

「それにしても、陣さんでも緊張することあるんですねえ……うふふふ」

「当たり前だろうが……」

複雑そうに口元を歪《ゆが》める陣さんを見て、思わず笑ってしまった。

なんでも淡々とこなす陣さんでも、緊張することがあるんだ。

そんな陣さんは、どうやら私との結婚を機に社内で注目度が急上昇していると、諫山さんが教えてくれた。

『そりゃあ、社内一の美女をモノにしたんだもの。相手はどんな男なんだって自然と注目を浴びるじゃない？　女性社員からも尊敬の目で見られているみたいだけど、男性からに至ってはもう尊敬を超えて崇《あが》められているって話まで聞くわ』

『崇《あが》め……』

驚きはしたけど、でも、なんか納得できてしまう。

陣さんという人は普段淡々としているけれど、動く時は誰よりも早く動き、見事な手腕で事態を収めてしまう。それをごく当たり前のことのようにやってのけるすごい人なのだ。

もちろんそれだけじゃなく、私にとって陣さんは、初めて男性を好きになることを教えてくれた誰にも代えがたい存在。恋愛感情はもちろんだけど、人としても尊敬している。

そんな尊敬する人と家族になって、これからずっと一緒に暮らせるなんて、私はなんて幸せ者なのだろう。

「陣さん。ずっとずっと側にいてくださいね。それで、私が間違えたことをしそうになった時は、厳しく叱ってください」

サラダを突《つつ》きながら思っていることを口にすると、陣さんが手元から目線を上げた。

「嫌だと言われても側にいるよ。でも、厳しくして嫌われたら困るので、君が間違ったことをしそうになった時は、極力優しく教えるけどね」

ふっ、と口元を緩める陣さんに私の顔も緩む。

いつまでもいつまでも、この人に恋をしていたい。

旦那様を前に、改めて永遠の愛を誓う朝の食卓だった。

大好評連載中!
(毎月第3火曜日更新)
執着弁護士の愛が重すぎる
Shuchaku bengoshi no Ai ga omosugiru
漫画：春乃まい　原作：加地アヤメ
ちょっと癖あるハイスペック男子と
男運ナシの平凡女子の
ノンストップラブが
待望の
コミカライズ!
その笑顔が見たかった
え?
それはどういう…
私と付き合っていただけませんか
理屈で人を好きになりますか?
ETERNITY WEBMANGA
エタニティWEB漫画!
無料で読み放題!
他にも人気漫画が多数連載中!!
今すぐアクセス!
エタニティ Web漫画
検索

色恋よりもお酒を愛するOL、美雨《みう》。彼女はある日、バーで出会ったイケメンだけれど毒舌な央《なかば》と意気投合する。楽しい夜を過ごしたのも束の間、央が自社で"王子様"と呼ばれる御曹司であることが発覚! 偶然にも"王子様"の素顔を知ってしまった美雨は、央にお見合い回避のための"恋人役"になってほしいと頼まれてしまい——…。
"演技"なのにときめいちゃう!? 酒好き女子が腹黒御曹司の溺愛に酔いしれて…♡

B6判　定価:704円(10%税込)　ISBN 978-4-434-28642-1

平凡な日常をこよなく愛する二十九歳の花乃《かの》は、のんびり独身生活を満喫中。そんなある日、法事に訪れた美貌の僧侶・支倉《はせくら》にいきなり求婚され、日常が一転する。どんなに完璧だろうと、出会ったばかりの人と結婚なんて絶対無理…!!　驚いてプロポーズを断る花乃だったが、麗しい笑みを浮かべた支倉に諦める気配は一切ない。それどころか、甘く強引なアプローチは加速して——!?

B6判　定価：704円（10%税込）　ISBN 978-4-434-28511-0

年齢＝彼氏ナシを更新中の未散《みちる》、26歳。ある日彼女は、酔ったはずみで、社内一のモテ男・笹森《ささもり》に、いまだに男性経験がないことを嘆いてしまう。すると彼が「それなら俺で試してみる？」と誘ってきた！　おまけに、そのまま彼と付き合うことになったけれど、この関係は、会社では絶対秘密だと口止めされて!?

B6判　定価：704円（10%税込）　ISBN 978-4-434-23760-7

B6判　定価：704円（10%税込）　ISBN 978-4-434-25448-2

イベント企画会社で働く二十八歳の佐羽《さわ》。恋よりちょっぴり仕事を優先する生活を送っていたら――同棲中の彼氏が出て行ってしまった！ 突然の出来事に佐羽は落ち込み、仕事もうまくいかなくなってしまう。しかしある日、憧れの元上司である暮林《くればやし》優《ゆう》弥《や》から飲みに誘われる。彼は、佐羽が彼氏にフラれたことを知ると、普段の無口な態度を一変させ肉食モード全開で溺愛宣言してきて――？

B6判　定価：本体640円＋税　ISBN 978-4-434-26737-6

エタニティ文庫

エタニティ文庫・赤

誘惑トップ・シークレット

加地アヤメ

年齢＝彼氏ナシを更新中の地味ＯＬ・未散。ある日彼女は、社内一のモテ男子・笹森に、酔った勢いで男性経験のないことを暴露してしまう。すると彼は、自分で試せばいいと部屋に誘ってきて……!?　恋愛初心者と極上男子とのキュートなシークレット・ラブ！

装丁イラスト／黒田うらら

エタニティ文庫・赤

好きだと言って、ご主人様

加地アヤメ

昼は工場勤務、夜は清掃バイトに勤しむ天涯孤独の沙彩。ところがある日、突然職を失い、借金まで背負ってしまう。そんな彼女に、大企業の御曹司が持ちかけてきた破格の条件の仕事――その内容は、なんと彼の婚約者を演じるというもので……!?

装丁イラスト／駒城ミチヲ

※エタニティブックスは大人の女性のための恋愛小説レーベルです。ロゴマークの色で性描写の有無を判断することができます（赤・一定以上の性描写あり、ロゼ・性描写あり、白・性描写なし）。

詳しくは公式サイトにてご確認ください。
https://eternity.alphapolis.co.jp/

携帯サイトはこちらから！

エタニティ文庫

エタニティ文庫・赤

無口な上司が本気になったら　加地アヤメ

イベント企画会社で働く二十八歳の佐羽は、好きな仕事に没頭するあまり、彼氏にフラれてしまう。そんな彼女へ、無口な元上司がまさかの求愛⁉　しかも、肉食全開セクシーモードで溺愛を宣言してきて。豹変イケメンとアラサー女子のキュートなオフィス・ラブ！

装丁イラスト／夜咲こん

エタニティ文庫・赤

ラブ・アクシデント　加地アヤメ

飲み会の翌朝、一人すっ裸でホテルにいた瑠衣。いたしてしまったのは確実なのに、何も覚えていない自分に頭を抱える。結局、相手が分からないまま悶々とした日々を過ごす中、同期のイケメンが何故か急接近してきて⁉　まさか彼があの夜の相手？　それとも……？

装丁イラスト／日羽フミコ

※エタニティブックスは大人の女性のための恋愛小説レーベルです。ロゴマークの色で性描写の有無を判断することができます（赤・一定以上の性描写あり、ロゼ・性描写あり、白・性描写なし）。

詳しくは公式サイトにてご確認ください。
https://eternity.alphapolis.co.jp/

携帯サイトはこちらから！

この作品に対する皆様のご意見・ご感想をお待ちしております。

おハガキ・お手紙は以下の宛先にお送りください。

【宛先】

〒150-6008 東京都渋谷区恵比寿 4-20-3 恵比寿ｶﾞｰﾃﾞﾝﾌﾟﾚｲｽﾀﾜｰ 8F
（株）アルファポリス　書籍感想係

メールフォームでのご意見・ご感想は右のＱＲコードから、
あるいは以下のワードで検索をかけてください。

アルファポリス　書籍の感想　検索

ご感想はこちらから

カタブツ上司《じょうし》の溺愛本能《できあいほんのう》

加地アヤメ（かじ あやめ）

2021年 10月 25日初版発行

編集－本山由美・森 順子
編集長－倉持真理
発行者－梶本雄介
発行所－株式会社アルファポリス
〒150-6008 東京都渋谷区恵比寿4-20-3 恵比寿ｶﾞｰﾃﾞﾝﾌﾟﾚｲｽﾀﾜｰ8F
TEL 03-6277-1601（営業） 03-6277-1602（編集）
URL https://www.alphapolis.co.jp/
発売元－株式会社星雲社（共同出版社・流通責任出版社）
〒112-0005 東京都文京区水道1-3-30
TEL 03-3868-3275
装丁イラスト－逆月酒乱
装丁デザイン－ansyyqdesign
印刷－株式会社暁印刷

価格はカバーに表示されてあります。

落丁乱丁の場合はアルファポリスまでご連絡ください。

送料は小社負担でお取り替えします。


ISBN978-4-434-29491-4 C0093